COINCÉ AVEC TOI

JAY NORTHCOTE

Traduction par
LILY KAREY

UN

Patrick gardait son regard fixé sur son patron, Brian Buckley, mais il n'était que trop conscient de la présence de Kyle à côté de lui. Kyle était comme une écharde, qui lui titillait la peau d'une manière agaçante, mais difficile à ignorer.

Impossible à ignorer, en fait.

Depuis que Kyle avait commencé à travailler comme représentant commercial stagiaire dans les bureaux de Lipton Medical Ltd, il y a six semaines, Patrick, désigné comme son mentor, avait du mal à se concentrer sur autre chose, car Kyle était très distrayant.

Brian passa sa main dans ses cheveux gris clairsemés, l'air exaspéré.

— J'en ai assez que vous vous disputiez au bureau. Même si vous ne pouvez pas régler vos différends, vous devez trouver un moyen d'être civilisés. La situation actuelle n'est pas professionnelle et elle doit cesser.

Patrick sentit ses oreilles chauffer alors qu'il rougissait.

— Je suis désolé.

Depuis sept ans qu'il travaillait ici, Brian n'avait jamais eu l'occasion de critiquer son professionnalisme.

Maudit Kyle.

Au moins, cette réunion à l'infirmerie royale de Carlisle – l'un des clients les plus éloignés de leur base de Manchester – serait leur dernier voyage ensemble, ainsi que le dernier avant les vacances de Noël. L'année prochaine, Kyle gérerait ses propres clients, et Patrick ne serait plus son mentor, donc il ne le verrait plus autant.

— Réservez un hôtel et restez-y pour la nuit. Il n'y a pas d'urgence à rentrer le vendredi puisque, de toute façon, nous serons en vacances. Sortez pour un repas, buvez quelques bières. Peut-être que passer du temps ensemble en dehors du bureau vous aidera à mieux vous entendre.

— Peut-être, dit Patrick, peu convaincu.

La meilleure partie de deux jours ensemble les amènerait probablement à s'entretuer quand ils auraient fini. Il aurait préféré rentrer de Carlisle le jour même, mais comme la réunion se terminerait à dix-sept heures trente – et qu'ils avaient tendance à déborder – la journée pourrait être longue s'ils ne restaient pas pour la nuit.

Kyle se racla la gorge et remua sur son siège. Patrick lui jeta un coup d'œil en biais et le surprit qui le regardait en retour. Kyle haussa ses sourcils parfaitement dessinés, comme pour le défier, et Patrick détourna rapidement le regard.

— Eh bien, je m'en moque, mais vous devez mettre les choses au clair, insista Brian, sérieusement. Même si vous ne travaillerez plus ensemble aussi étroitement l'année prochaine, vous ferez toujours partie de la même équipe. Ces chamailleries de cour d'école doivent cesser.

— Bien sûr, accepta Patrick. Nous ferons de notre mieux.

— Kyle ?

Brian haussa les sourcils.

— Absolument, patron. Je suis sûr que ce voyage sera une grande opportunité pour nous de créer des liens, répondit Kyle, la voix douce et sucrée comme du sirop.

Patrick essaya de ne pas lever les yeux au ciel devant l'obséquiosité de Kyle. Quel lèche-cul ! Il chassa de sa tête l'image fugace de la version littérale de cette phrase. *Je n'irai pas par là.*

— Bien, c'est tout. Bon voyage, et je vous revois tous les deux en janvier.

Congédiés, ils se levèrent.

— Passez un bon Noël, tous les deux, ajouta Brian au moment où Patrick ouvrait la porte du bureau.

— Merci, vous aussi, répondit Kyle.

— Oui. Merci, ajouta Patrick, avec une pointe de tristesse dans la poitrine en se rappelant qu'il allait passer Noël seul cette année.

De retour à son bureau, Patrick fit semblant de lire des notes sur un nouveau produit qu'ils allaient lancer en janvier, mais son esprit était ailleurs. Se sentant découragé, il s'autorisa à penser à Kyle à la place, appréciant la distraction des souvenirs qui le blessaient. Il risqua un regard furtif sur le côté à la tête blonde de Kyle, assis en face de lui, concentré sur l'écran de son ordinateur portable. Une mèche de cheveux tomba sur son front, et il la rejeta en arrière. Ce look hâlé ne pouvait pas être naturel, pas au milieu de l'hiver ?

Patrick soupira. Il passait beaucoup trop de temps à

penser à Kyle alors qu'il était censé se concentrer sur son travail. C'était incroyablement frustrant de faire une fixation sur quelqu'un qu'il n'*aimait* même pas. Il était difficile de savoir pourquoi il l'ennuyait autant. Peut-être était-ce parce qu'ils étaient si différents.

Patrick était doué dans son travail de représentant commercial, mais son organisation était apparemment chaotique. À l'âge de trente ans, il aurait probablement dû apprendre à classer les choses plus proprement, mais les piles de papier sur son bureau étaient en fait disposées d'une manière parfaitement logique pour lui. Kyle, quant à lui, gardait son bureau dégagé et était obsédé par le rangement. En travaillant ensemble, il avait été constamment frustré par le désordre de Patrick.

Le téléphone de Kyle sonna avec une notification au son distinctif. La frustration de Patrick monta de plusieurs crans lorsqu'il vit Kyle sortir son téléphone de sa poche. Avec un sourire, Kyle tapa une réponse, engageant un bref échange de messages avant de ranger son téléphone.

Bien qu'ils n'aient que sept ans d'écart, Kyle, vingt-trois ans, semblait parfois appartenir à une autre génération. Marié à son téléphone, c'était un fêtard et un accro de Grindr. Patrick s'était toujours tenu à l'écart de ce type d'homosexuels, préférant rencontrer des gens de manière organique par le biais d'intérêts communs. Une soirée en boîte de nuit était l'idée que Patrick se faisait de la torture. Il préférait aller au théâtre ou rester seul à la maison avec un bon livre.

La seule chose qu'ils avaient en commun était leur sexualité ; bien que Patrick soit discret au travail, donc Kyle ne savait pas qu'ils partageaient un intérêt pour les hommes. Kyle, en revanche, était indiscret au point d'être inapproprié. Patrick était peut-être le seul de leur bureau à reconnaître le ton d'une notification Grindr, mais, tôt ou tard, Kyle se ferait prendre à sextoter alors qu'il était censé travailler.

Patrick avait réussi à se convaincre que c'était la désapprobation qui le faisait se hérisser chaque fois qu'il entendait ces notifications. Le fait que Kyle soit mignon comme tout avec un cul sur lequel on pourrait faire rebondir des pièces de monnaie n'avait rien à voir avec ça. Patrick n'aimait pas le sexe occasionnel et il ne voulait pas être intime avec quelqu'un qu'il n'aimait pas, même s'il l'aimait beaucoup.

Se donnant une gifle mentale, il détourna son attention de Kyle et s'obligea à se concentrer sur le travail. Il aurait tout le temps, pendant les vacances de Noël, de penser au cul de Kyle. Ce n'était pas comme s'il avait quelque chose de mieux à faire cette année.

***

ENCOURAGÉ par l'échange de messages avec l'un de ses amis occasionnels, Kyle se concentra de nouveau sur son travail et commença à relire les notes qu'il avait préparées pour la réunion de Carlisle. Il pouvait sentir l'irritation de Patrick se dégager de lui comme de la fumée. L'instinct lui disait que, s'il levait les yeux, Patrick l'observerait. Cet homme passait beaucoup de temps à l'observer et il n'était pas aussi subtil qu'il l'imaginait probablement. Son attirance était douloureusement évidente pour Kyle, qui avait l'habitude de se prélasser devant l'attention des hommes et pouvait la reconnaître à un kilomètre.

Dommage pour Patrick qu'il ne soit pas son type.

Cachant un sourire arrogant derrière sa main, Kyle chassa Patrick de son esprit. Il ferma ses notes et ouvrit le dossier des détails des clients, prévoyant d'utiliser le reste de l'après-midi pour se familiariser avec les clients qu'il allait prendre en charge seul en janvier.

Il avait perdu la notion du temps quand la voix de Patrick le sortit de son dossier.

— Bon, j'ai fini ma journée, je vais bientôt rentrer chez moi.

Patrick remonta ses lunettes sur l'arête de son nez, et une mèche de cheveux noirs ondulés tomba sur son front.

— Je passe te prendre à dix heures demain pour que nous soyons sûrs d'être à l'heure à la réunion de 13 h, malgré la circulation.

— On peut prendre ma voiture ? demanda Kyle. Maintenant que j'en ai enfin une décente, je pourrais la faire rouler un peu pour m'y habituer.

Grâce à la prime véhicule de son entreprise, il avait pu remplacer sa vieille Golf par une BMW Série 3 presque neuve. Il l'avait récupérée il y avait seulement deux jours et il était désespéré de ne pas avoir l'occasion de faire un trajet plus long que celui qui le menait au bureau. En plus, Patrick conduisait comme la grand-mère de Kyle, donc ils arriveraient plus vite avec lui au volant.

— Je suppose, maugréa Patrick avec un petit froncement de sourcils. On pourra quand même partager la conduite.

— Ce ne sera pas nécessaire. Ça ne devrait pas durer plus de deux heures.

Le froncement de sourcils de Patrick s'accentua, et Kyle dut se retenir de sourire. Patrick détestait être passager. Les deux fois où il avait laissé Kyle conduire sa Mercedes à contrecœur, il avait été très nerveux, appuyant du pied sur un frein inexistant chaque fois que Kyle s'était approché un peu trop près – selon Patrick – de la voiture qui le précédait.

— Donc *je* passe *te* prendre à dix heures, continua joyeusement Kyle. Tu peux m'envoyer ton adresse par SMS ?

Patrick eut l'air résigné.

— Bien sûr. On se voit demain matin alors.

— Yep, bye.

Kyle sourit, heureux d'avoir gagné ce round.

D'une certaine façon, ça allait lui manquer de travailler si étroitement avec Patrick. Le faire tourner en bourrique était un sport dans lequel il excellait.

Il regarda Patrick s'éloigner. Grand et maigre, ses épaules étaient larges dans son costume gris foncé. Il n'avait pas assez de muscles au goût de Kyle, qui préférait que ses hommes soient plus dominants dans leur personnalité, mais il devait admettre qu'il aimait les cheveux de Patrick. Le fouillis de boucles sombres n'était pas quelque chose qu'il aurait normalement remarqué – il préférait auparavant des styles plus militaires – mais ses cheveux avaient poussé, et quand Patrick oubliait de se raser, sa barbe sombre lui allait bien.

DEUX

Vendredi 23 décembre

Le matin suivant leur réunion, Kyle regrettait ses choix de vie en mettant ses clés sur le contact. Il ferait n'importe quoi pour pouvoir se téléporter en ce moment. Tout ce qu'il voulait, c'était retourner à son appartement et s'effondrer pour le reste de la journée. Il avait besoin d'une nuit pour récupérer avant d'aller chez sa mère pour le réveillon de Noël.

— Tu es sûr que tu es en état de conduire aujourd'hui ? demanda Patrick. Tu as une tête affreuse.

La dernière chose que Kyle avait envie de faire en ce moment était de conduire, mais il préférait se faire arracher une dent sans anesthésie plutôt que de l'admettre à Patrick.

— Oui. Je vais bien, grommela-t-il en démarrant le moteur.

Sa voiture ronronna comme dans un rêve, malgré le temps glacial. Le ciel au-dessus de Carlisle était d'un gris ardoise et imposant ; son poids exacerbait le mal de tête qui pulsait dans les orbites et les tempes de Kyle, et son estomac se retourna. Pourquoi diable avait-il pensé que c'était une bonne idée de boire tous ces verres de Jack Daniels ?

— Je n'avais pas réalisé que tu avais bu autant au dîner.

Patrick l'étudia, d'un regard suspicieux.

Kyle serra les dents.

— Ce n'est pas le cas. Je vais bien, juste un peu fatigué… Je n'ai pas bien dormi.

C'était un euphémisme.

Après un fastidieux dîner à l'hôtel avec Patrick, Kyle avait rencontré un type via Grindr et était allé en boîte avec lui. Quelques verres de plus et une pipe dans les toilettes plus tard, il était rentré en titubant dans sa chambre à 3 heures du matin et s'était évanoui. Ça ne comptait pas vraiment comme un sommeil de qualité. Il avait espéré faire la grasse matinée jusqu'à dix heures, car ils ne devaient pas partir avant onze heures et n'avaient pas besoin de retourner au bureau aujourd'hui.

Mais les plans de Kyle pour une grasse matinée avaient été contrecarrés lorsque Patrick l'avait réveillé à huit heures, voulant qu'il se dépêche de prendre son petit déjeuner pour qu'ils puissent partir le plus vite possible. Il avait prévu de faire un détour par la région des lacs pour se promener et, dans un moment de faiblesse, à peine réveillé, Kyle avait accepté. Non pas qu'il ait l'intention de marcher, mais il supposait qu'il pourrait s'asseoir dans un pub local et boire un café pendant que Patrick grimperait une colline.

Il tourna le volant, prenant le virage un peu trop serré pour sortir du parking, et ses tripes s'agitèrent avec le mouvement. Ce serait encore pire s'il était le passager.

— Eh bien, si tu changes d'avis sur la conduite, on peut échanger plus tard, insista Patrick.

Kyle ne prit pas la peine de lui répondre.

— NOUS DEVONS PRENDRE la prochaine sortie, déclara Patrick.

— OK, grogna Kyle, la voix rauque.

Ils roulaient en silence depuis qu'ils avaient quitté Carlisle, et sa bouche était sèche comme de la sciure à cause de sa gueule de bois. Inutile de s'embarrasser à faire remarquer que Google Maps, sur son téléphone, l'aurait de toute façon prévenu, puisque Patrick avait entré la localisation plus tôt. Bien sûr, la voix sortit des haut-parleurs de la voiture, lui donnant les instructions pour tourner.

Il mit son clignotant et quitta l'autoroute.

Après cela, Patrick resta silencieux et le laissa continuer à suivre les instructions de son téléphone. Cela fonctionna, même si le signal du téléphone était intermittent, car Patrick avait fait quelque chose d'intelligent : il l'avait sauvegardé hors ligne, ce qui avait impressionné Kyle – bien qu'il ne l'ait pas admis.

L'itinéraire les conduisit le long d'une route nationale pendant quelques kilomètres, jusqu'à ce qu'un autre virage les envoie sur une route plus petite et plus étroite, qui serpentait dans une vallée avec des collines abruptes des deux côtés. Des nuages bas s'accrochaient aux sommets et d'épaisses plaques blanches de neige s'attardaient sur les pentes les plus élevées.

En se garant sur le parking du pub, Kyle soupira de soulagement à l'idée d'avoir du café et quelque chose à manger. Il n'avait pas pris de petit déjeuner ce matin-là, mais il avait finalement atteint le stade où son estomac grondait à l'idée de manger plutôt que de se retourner en signe de protestation.

Il coupa le moteur.

— C'est déjà ouvert ?

Patrick consulta sa montre.

— Pas tout à fait, mais ça ne saurait tarder. Il est presque onze heures.

— Ugh. OK.

— Tu es sûr que tu ne veux pas venir avec moi ? Ce n'est pas une très longue promenade, seulement une heure et demie environ, mais ça devrait être très joli.

— Non, ça va, merci.

Kyle frissonna à l'idée d'aller dans les collines aujourd'hui. Il faisait un froid glacial et les vêtements décontractés qu'il portait étaient totalement inadaptés : un jean slim, des bottes à la mode, un T-shirt blanc moulant et un pull qui n'était pas assez épais pour être particulièrement chaud. Il n'avait même pas de veste décente avec lui, seulement une veste légère en daim, achetée pour son apparence plutôt que pour sa fonction. Il détestait les randonnées de toute façon ; sa forme d'exercice préférée était la danse dans un club ou une séance d'entraînement dans sa salle de sport, où le plaisir des yeux rendait le cardio supportable.

— Je m'installerai dans le pub dès qu'il sera ouvert et je t'y attendrai.

— OK.

Patrick ouvrit la portière passager et sortit. Le souffle de l'air glacé servit à rassurer Kyle sur le fait que son scénario était le plus raisonnable. La voiture se refroidit encore plus lorsque Patrick ouvrit le coffre pour en sortir quelques affaires. Vêtu d'une veste imperméable, de gants polaires et d'un bonnet, avec un petit sac à dos sur le dos, il fit le tour et tapa sur la vitre de Kyle.

Kyle la descendit de quelques centimètres.

— Oui ?

Patrick tendit une carte routière.

— Je veux te montrer la route que je vais prendre, juste au cas où.

— Au cas où quoi ?

— C'est toujours une bonne idée de s'assurer que quelqu'un sait où tu vas si tu fais une randonnée seul, surtout en hiver. Il n'est pas censé neiger avant la fin de l'après-midi, mais on ne sait jamais. J'ai mon téléphone, mais il n'y aura probablement pas de signal partout.

— OK. Alors dépêche-toi. Je laisse entrer tout l'air froid avec cette vitre ouverte.

Kyle remit le moteur en marche et monta le chauffage.

— En fait, techniquement, tu laisses sortir la chaleur, c'est la chaleur qui se déplace.

— Ça n'aide pas !

Kyle avait toujours trouvé ça irritant quand Patrick se montrait pédant. Personne n'aimait les gros malins.

— Bref, souffla Patrick en lui montrant la carte. C'est le sentier qui part du parking du pub, ici. Je vais monter le chemin escarpé jusqu'à la crête, puis le suivre et faire une boucle ici, sur un chemin qui descend à travers les bois. Je devrais rejoindre la route à environ 1,5 km au nord d'ici et je reviendrai de là.

— OK, donc en haut... le long de la crête et en bas. Attends, laisse-moi prendre une photo.

Kyle récupéra son téléphone et prit une photo de la carte.

— Voilà, heureux maintenant ? Je peux envoyer l'équipe de secours si tu tombes dans un terrier de lapin ou si tu te fais attaquer par des moutons tueurs ou autre.

Patrick lui jeta un regard furieux, mais ne réagit pas au sarcasme.

— Bien, on se voit dans quelques heures tout au plus.

— Ouaip. Amuse-toi bien.

Kyle remonta la vitre et regarda Patrick s'éloigner. Il devait admettre qu'il était très beau dans ses vêtements de randonnée. En plein air et déterminé, il suscitait l'intérêt de Kyle, plus qu'il ne l'avait jamais fait dans ses costumes de bureau.

DÈS QUE LE PUB OUVRIT, Kyle entra.

Un énorme sapin de Noël, sur lequel on aurait pu croire que quelqu'un avait vomi des guirlandes, trônait dans un coin, et des lumières de Noël étaient suspendues au sommet du bar.

Kyle commanda d'abord un café, puis il ramassa un menu.

— Est-ce que vous servez déjà de la nourriture ? demanda-t-il à la femme derrière le bar.

Dodue, avec des cheveux bruns, elle lui rappelait un peu sa mère, et son esprit s'engaillardit à l'idée de passer quelques nuits à la maison avec sa famille. Il s'entendait très bien avec sa mère, et cela lui manquait de ne plus la voir aussi souvent depuis qu'il avait déménagé en ville. Il y retournait encore au moins une fois par mois pour passer le week-end et rattraper le temps perdu avec elle et ses jeunes sœurs.

— Oui, nous cuisinons toute la journée.

En parcourant le menu, il trouva une liste d'options qui lui mit l'eau à la bouche, mais il y avait un gagnant clair.

— Un petit déjeuner anglais complet, s'il vous plaît.

Elle sourit.

— C'était rapide.

— C'est le remède imbattable contre la gueule de bois.

— Oh. C'est à ce point ?

— Ouais. J'ai un peu exagéré la nuit dernière.

L'esprit de Kyle se remémora les shots de JD et l'échange de pipes qui avait suivi. Avait-il seulement joui ? Il savait que l'autre gars avait fini par éjaculer, parce qu'il s'était branlé pour se finir, évitant de justesse le visage de Kyle et salissant le sol des toilettes. Mais, au moment où il s'était occupé de Kyle, agenouillé dans son propre sperme, Kyle était tellement ivre et fatigué qu'il s'était pratiquement endormi, malgré tous les efforts du gars.

Non. Il n'avait pas joui.

La technique du gars n'était pas bonne, et Kyle avait fini par perdre son érection et lui avait dit de ne pas se donner la peine. En y repensant maintenant, ses bourses lui faisaient mal à cause de cette occasion manquée. Si seulement il avait moins bu, il serait bien plus satisfait aujourd'hui.

Après avoir payé, il choisit une table dans le coin près de la cheminée, où un feu de bois crépitait dans l'insert. D'autres lumières de Noël scintillaient au-dessus de l'épaisse cheminée en pierre. Il sortit son téléphone, se connecta au Wi-Fi gratuit du pub et ouvrit oisivement Grindr. C'était toujours intéressant de voir qui était dans le coin. Mais c'était un peu juste ici, personne en ligne à moins de 8 km.

Renonçant à trouver quelqu'un avec qui discuter, il fit défiler Twitter pendant un moment, puis, lorsque son repas arriva, il mit son téléphone de côté pour se concentrer sur le délice salé et huileux d'un petit déjeuner anglais complet. Bacon, saucisse, œuf au plat, haricots au four, champignons et tomate grillée se bousculaient dans son assiette. Deux tranches de pain grillé étaient disposées sur une assiette à côté, tartinées d'une généreuse couche de beurre. Normalement, Kyle surveillait son régime, mais aujourd'hui, il allait se laisser aller et se ficher des conséquences. À deux jours de Noël, il avait besoin d'exercer ses muscles de mangeur, il se défoulerait à la salle de sport une fois la saison des fêtes terminée.

ABSORBÉ par le visionnage d'un thriller sur Netflix sur son téléphone, il avait perdu la notion du temps lorsqu'il fut dérangé par un léger contact sur son épaule. Il leva les yeux pour voir Patrick, les joues roses et les yeux brillants, ses cheveux normalement sauvages aplatis par le port de son bonnet.

— Oh, salut, dit Kyle en appuyant sur pause et en enlevant ses écouteurs. Comment était la promenade ?

Patrick lui fit un sourire, sincère et heureux.

— C'était merveilleux. Si beau. Je suis vraiment content de l'avoir fait. Merci beaucoup d'avoir accepté de faire un détour.

Kyle ne lui avait jamais vu cette expression auparavant ; d'habitude, en présence de Kyle, son état habituel était l'irritation. Il se surprit à sourire en retour.

— De rien.

— C'est bon si je commande à manger ou tu veux partir ? Si tu es pressé, on peut s'arrêter à une station-service et je peux prendre un sandwich à la place.

— Quel temps fait-il ?

Kyle se tourna pour regarder par la fenêtre. Rien n'avait changé, le ciel était toujours gris et lourd de la perspective de neige plus tard, mais il était sec pour l'instant.

— Rien encore.

— Alors, vas-y et commande.

Repu de nourriture et suffisamment caféiné, Kyle se sentait d'humeur généreuse. Patrick était probablement affamé après une randonnée de deux heures, et les odeurs de la cuisine du pub étaient divines.

— Tu veux autre chose ?

— Non, ça va, merci.

LES PREMIERS FLOCONS de neige commencèrent à tomber environ cinq minutes après qu'ils avaient quitté le parking du pub.

— Conneries, râla Patrick. C'est arrivé plus tôt qu'ils ne l'avaient dit.

— Ça va aller, dit Kyle avec une confiance qu'il ne ressentait pas en regardant les nuages.

Ils semblaient chargés de neige, attendant de vider leur contenu sur le paysage en dessous.

— Il se peut qu'il n'y en ait pas beaucoup.

Au moment même où il prononçait ces mots, les

flocons s'épaissirent, flottant comme les plumes d'un oiseau glacé. Il accéléra, espérant pouvoir atteindre une plus grande route avant que cela n'empire. Au moins, les routes principales auraient été sablées. D'épais flocons blancs tourbillonnaient dans les phares, et Kyle ne pouvait voir qu'à une vingtaine de mètres devant lui. Il freina brusquement lorsqu'il vit des feux arrière devant eux, dérapant légèrement.

— Putain ! Ralentis. Putain !

Patrick attrapa la poignée de la porte, comme si s'échapper de la voiture était une option au milieu de nulle part en plein blizzard.

Agrippant fermement le volant, le cœur de Kyle s'emballa.

— Détends-toi. Tu veux bien ?

— Toi, détends-toi, putain !

— Je suis parfaitement calme, mentit Kyle. Donc ça n'a aucun sens.

Patrick souffla, mais ne répliqua pas.

Kyle ralentit, descendant à trente kilomètres/heure derrière la voiture de devant. Le chemin du retour était une route différente de celle qu'ils avaient empruntée plus tôt, mais, d'après ce dont Kyle se souvenait quand il avait défini l'itinéraire, il ne devait pas rester beaucoup de chemin avant qu'ils ne rejoignent la sécurité relative de la nationale. Ça n'arriverait jamais assez vite. La neige était déjà épaisse de plusieurs centimètres.

Sa tête palpitait de nouveau, et il avait hâte d'être de retour à son appartement pour dormir après sa gueule de bois. Cette tempête était une véritable plaie et rendait leur voyage beaucoup plus long. Il maudit silencieusement

Patrick pour avoir suggéré ce détour et lui-même pour l'avoir accepté.

— Je pense que ça se calme un peu, dit Kyle.

Le ciel s'était éclairci et les flocons devenaient plus petits. Alors que la visibilité s'améliorait, la voiture de devant s'éloigna, et Kyle essaya d'accélérer aussi. Mais le moteur était lent et ne répondit pas comme il s'y attendait, émettant un bruit bizarre et malheureux lorsqu'il appuya sur la pédale.

Oh putain. Non.

Il ralentit et réessaya. La vitesse augmenta à peine, et il y eut de nouveau ce son étrange.

— Quelque chose ne va pas avec la voiture, annonça-t-il, une vague d'anxiété le submergeant.

— Pourquoi ? Qu'est-ce qui ne va pas ?

— La voiture n'a presque pas de puissance. Elle avance, mais n'accélère pas, et le moteur fait un bruit bizarre. Que dois-je faire ? Me garer et voir si on peut joindre l'assistance ?

Patrick jeta un coup d'œil au téléphone de Kyle, posé sur le tableau de bord.

— Tu n'as pas de réseau.

Il fouilla dans sa poche pour récupérer le sien et ajouta :

— Moi non plus. Comme la voiture est encore en marche, nous pouvons rouler jusqu'à ce que nous ayons un signal. Ou nous pourrions essayer d'atteindre le prochain village et voir si nous pouvons trouver un garage local. L'assistance pourrait mettre des heures à nous rejoindre un jour comme aujourd'hui.

Patrick avait raison. Deux jours avant Noël et avec ces

fortes chutes de neige, les services d'assistance routière seraient probablement inondés et ils donneraient la priorité aux familles ou aux femmes voyageant seules plutôt qu'à deux hommes ensemble. Au moins, s'ils pouvaient se rendre dans un garage, il y avait une chance pour que ce soit quelque chose de relativement mineur qui puisse être réparé.

— OK, faisons ça.

La voiture de Kyle avait d'autres idées, cependant. Après un autre kilomètre à un rythme d'escargot, le moteur toussota et mourut. Leurs deux téléphones n'avaient toujours pas de réseau.

— Tu t'y connais en voiture ? demanda Kyle.

— Non, désolé. Toi ?

— Non, soupira Kyle avec un rire jaune. Putain, qu'est-ce qu'on va faire ?

— Nous allons devoir marcher pour trouver de l'aide. Au moins, il s'est arrêté de neiger, pour l'instant.

Kyle prit son téléphone et fit un zoom arrière sur la carte. Heureusement qu'il l'avait rendue disponible hors ligne, maintenant que Patrick lui avait montré comment faire.

— On dirait qu'il y a un village ici, indiqua-t-il en le pointant du doigt. C'est à environ 1,5 km.

Heureusement, ils étaient sur une légère pente descendante, et la route n'était pas clôturée par des champs de chaque côté. Patrick put donc pousser pendant que Kyle dirigeait le véhicule hors de la route. Sur le bas-côté, il ne bloquerait pas le passage à d'autres automobilistes assez stupides pour être pris dans la neige.

— Nous devrions prendre nos bagages, suggéra Patrick

en regardant Kyle remonter la fermeture éclair de sa veste tristement inadéquate.

— Pourquoi ?

— Juste au cas où on ne trouverait pas de mécanicien ou qu'on ne pourrait pas faire venir l'assistance automobile aujourd'hui. Nous devrons alors trouver un endroit où passer la nuit.

Il rangea son petit sac à dos dans un plus grand avec le reste de ses affaires et le porta sur son dos.

Kyle ne répondit pas, mais, en reprenant sa mallette, il adressa une prière à l'univers pour qu'ils parviennent à réparer cette satanée voiture. Parce que s'ils ne la réparaient pas aujourd'hui, ça allait être encore plus difficile le soir de Noël.

— Tu n'as pas de bonnet ? s'enquit Patrick en jetant un regard désapprobateur à la tenue de Kyle.

— Non.

Kyle enfila ses gants, reconnaissant d'au moins les avoir emportés.

— Pourquoi ça ? C'est le milieu de l'hiver !

— Je n'avais pas prévu de faire des randonnées dans la neige, rétorqua Kyle. Je m'attendais à passer la majorité de mon temps dans des bureaux et des chambres d'hôtel bien chauffés.

Bien sûr, il était sorti la veille au soir, mais il avait compté sur les taxis pour l'aller et le retour. Un bonnet n'aurait fait que ruiner la coiffure qu'il avait passé dix minutes à peaufiner avant de se rendre au club.

Une fois le coffre de la voiture fermé, Kyle la verrouilla et glissa les clés dans sa poche.

— Allons-y.

Il frissonnait déjà, et ses oreilles étaient douloureuses à cause du froid.

Patrick partit à vive allure, et Kyle fit de son mieux pour le suivre. Mais sa valise à roulettes ne supportait pas la neige, il devait la traîner, et les semelles de ses bottes n'avaient pas d'adhérence et lui faisaient perdre sans cesse l'équilibre. Il enviait à Patrick son sac à dos et ses chaussures de marche, qui étaient infiniment plus adaptés à la situation.

Après la troisième glissade, tenant à peine debout, Patrick l'attrapa, puis garda son bras.

— Attends. Laisse-moi t'aider.

— Je vais bien !

Kyle dégagea son bras avec brusquerie, sa fierté blessée. Le mouvement soudain, combiné à sa semelle qui glissa à nouveau, fit que ses pieds se dérobèrent sous lui, et il tomba sur le cul avec un glapissement.

— Tu veux de l'aide maintenant ?

Patrick tendit la main et, cette fois, Kyle l'accepta, se renfrognant devant l'amusement à peine dissimulé sur le visage de Patrick.

— Tu t'es fait mal ?

— Non.

Heureusement, la couche de neige avait amorti sa chute.

— Tu es couvert de neige. Tu ferais mieux de l'enlever avant qu'elle ne commence à fondre dans tes vêtements.

Patrick commença à brosser la neige sur le jean de Kyle en faisant des mouvements rapides sur la courbe de ses fesses et à l'arrière de ses cuisses. Il faisait un travail minutieux, et ce contact intime provoqua un picotement inattendu chez Kyle.

— Je peux me débrouiller, merci, dit-il fermement, prenant le relais et s'époussetant.

— Désolé, s'excusa Patrick en éloignant sa main, comme un enfant pris les doigts dans la boîte à biscuits.

— Tout est parti ? demanda Kyle en tournant son derrière vers Patrick, inclinant délibérément les hanches, sachant que son postérieur serait mis en valeur.

Il regarda par-dessus son épaule, appréciant l'admiration lorsque le regard de Patrick s'attarda sur ses fesses pendant un moment.

Détournant le regard, Patrick répondit :

— C'est suffisant. Maintenant, allons-y. Ça tombe de plus en plus vite.

Kyle leva les yeux vers le ciel et cligna des paupières lorsqu'un flocon se prit dans ses cils. En effet, la neige tombait rapidement et abondamment. Frissonnant à l'idée de s'y perdre, Kyle s'accrocha au bras de Patrick – qui lui semblait plus fort et plus musclé qu'il ne l'aurait cru – et fit de son mieux pour se dépêcher.

TROIS

Patrick essaya d'être patient pendant que Kyle glissait et dérapait à côté de lui, mais le poids de son sac à dos et le fait que Kyle s'accroche à son autre bras l'irritèrent rapidement. Il savait qu'il n'était pas juste de blâmer Kyle pour ses chaussures inadaptées. Ce n'était pas comme s'il avait prévu de marcher dans la neige.

Son inquiétude s'accentua, alors que la neige continuait à tomber et qu'il n'y avait toujours aucun signe du village.

— Tu es sûr qu'on va dans la bonne direction ? demanda-t-il. Je peux voir ton téléphone ?

— Oui, c'est la bonne direction, et non, tu ne peux pas. Je ne suis pas complètement stupide. C'est définitivement par là.

Se retenant de claquer des doigts pour dénoncer l'idiotie de voyager à cette époque de l'année sans un bon manteau d'hiver, Patrick soupira et accéléra le pas.

Enfin, ils passèrent devant un panneau indiquant « *Bienvenue à Langbeck, veuillez conduire prudemment* ».

— Merci, mon Dieu, souffla Patrick.

Des bâtiments émergèrent de la pénombre. Une poignée de cottages en pierre bordaient l'étroite ruelle, leurs toits recouverts de neige. Des lumières brillaient à quelques fenêtres, et Patrick aperçut un sapin de Noël, drapé de guirlandes argentées et d'un chapelet de guirlandes lumineuses aux couleurs vives.

S'arrêtant, il le fixa un moment, entraîné malgré lui dans les souvenirs du Noël dernier et de la joie qu'il avait ressentie. Sa poitrine lui faisait mal quand il pensait à Matt et se rappelait les sourires et les rires qu'ils avaient partagés.

— Pourquoi t'es-tu arrêté ? grogna Kyle en tirant sur son bras. On dirait que tu as vu un fantôme.

Le fantôme du Noël passé, songea Patrick avec regret. L'année dernière, il avait été fiancé à Matt, confiant dans leur avenir ensemble. Comme il s'était incroyablement trompé.

— Pour rien.

Il arracha son regard du sapin et se remit à marcher.

— Tu vas bien ?

Patrick pouvait sentir que Kyle le dévisageait avec intérêt, mais il garda son attention sur la route.

— Oui. Je veux juste sortir de cette neige.

— À qui le dis-tu.

Langbeck ne semblait pas être plus qu'un groupe de bâtiments le long de la route principale. Aucune rue latérale ne partait de la route principale. La vue d'un panneau d'affichage à l'extérieur de ce qui devait être une boutique de village soulagea Patrick. Tout endroit où il y avait un magasin avait probablement aussi un pub, et là où il y avait un pub, il y avait peut-être un endroit où ils pourraient dormir, s'ils ne parvenaient pas à rentrer chez eux. Les chances qu'un petit village comme Langbeck ait un garage étaient minces, et Patrick ne voyait pas comment l'assistance pourrait les aider aujourd'hui.

— Enfin la civilisation, s'exclama Kyle, alors que Patrick poussait la porte du magasin, qui émit un tintement joyeux. Merci, putain !

Il lâcha le bras de Patrick et se baissa pour soulever sa valise et franchir la marche avant de suivre Patrick à l'intérieur, dans la chaleur douillette.

Des chants de Noël étaient diffusés en fond sonore et un homme d'âge moyen derrière le comptoir sifflait « God Rest You Merry, Gentlemen ». Patrick salua l'homme d'un signe de tête et d'un sourire.

— Bonjour. Mon collègue et moi avons eu des problèmes de voiture et sommes tombés en panne près d'ici. Je sais que c'est un peu loin, mais y a-t-il un garage dans le coin ? Quelque part où nous pourrions la faire réparer aujourd'hui ?

— Il n'y a pas de garage à moins de quinze kilomètres à la ronde, répondit l'homme en secouant la tête, les sourcils froncés. Et avec cette neige qui tombe, de toute façon, je ne pense pas que vous puissiez la faire remorquer.

— Avez-vous leur numéro de téléphone ? Ça pourrait valoir le coup d'essayer.

— Oui. Attendez.

L'homme récupéra un exemplaire d'un magazine local et le feuilleta.

— Voilà, c'est ça. Parson et Fils.

— Ça vous dérange si on reste ici, à l'abri de la neige, pendant que je passe un coup de fil ?

— Bien sûr que non. Servez-vous.

Patrick s'éloigna du comptoir et sortit son téléphone. Il avait un signal maintenant, bien qu'il ne soit pas excellent. Pendant qu'il écoutait les sonneries, il regarda Kyle, qui était recroquevillé dans sa veste, le col relevé et les mains enfoncées dans ses poches. Patrick ressentit une pointe de sympathie pour lui, dans son état glacial et misérable.

L'appel déboucha sur un message du répondeur. « Parson and Fils est fermé pour Noël. Nous serons de nouveau ouverts le 27. Passez un bon Noël. »

Il raccrocha.

— Merde. Ils sont fermés, expliqua-t-il, alors que Kyle levait les yeux vers lui d'un air interrogateur.

— As-tu essayé l'assistance ?

— Je vais le faire, mais ne te fais pas d'illusions.

Il fallut un certain temps à Patrick pour être mis en relation avec un opérateur et, quand il y parvint, ses craintes confirmèrent.

— Je suis désolée, dit la femme au téléphone. Mais il n'y a aucun moyen d'envoyer quelqu'un chez vous aujourd'hui. Pas au milieu de la région des lacs. Nous croulons sous le travail et, comme vous le savez certainement, nous donnons la priorité aux femmes seules ou aux personnes voyageant avec des enfants. Le plus tôt que nous puissions vous proposer est demain, j'en ai bien peur, donc vous pouvez rappeler dans la matinée pour avoir des nouvelles. J'espère que nous pourrons vous envoyer quelqu'un à ce moment-là et que vous serez rentrés à temps pour Noël.

Sa voix enjouée ne fit pas grand-chose pour rassurer Patrick.

— OK, merci.

Patrick termina l'appel. Son visage dut en dire long.

— Aucune chance ? soupira Kyle.

— Non. Pas avant demain. On dirait qu'on va devoir trouver un endroit où rester.

— Génial, railla Kyle d'un ton empreint de sarcasme. Donc je suis coincé avec toi pour une autre nuit.

Toute la sympathie que Patrick avait ressentie s'évapora. Il se mordit la langue plutôt que de répliquer devant le commerçant, mais il n'était pas vraiment ravi d'avoir à supporter la mauvaise humeur et la méchanceté de Kyle pour une autre nuit.

Kyle s'approcha pour s'adresser à l'homme derrière le comptoir, qui avait visiblement écouté leur conversation.

— Des suggestions pour un hébergement à distance de marche ?

L'homme étudia Kyle, qui se tenait debout, une main sur la hanche. Avec ses cheveux blonds éclatants, son jean moulant et une boucle d'oreille scintillante à l'un de ses lobes, il ne pouvait pas être plus différent de l'homme à l'allure conventionnelle derrière le comptoir. Tout dans l'allure et la posture de Kyle criait son homosexualité. Patrick ne put s'empêcher de remarquer qu'il était sexy, et il se maudit de l'avoir remarqué.

— Eh bien, il y a le pub local, le Huntsman, qui est à quelques centaines de mètres plus loin sur la route, informa le commerçant. Mais ils n'ont que peu de chambres, et j'ai entendu dire qu'ils étaient complets. Ils sont très populaires à Noël, je pense que vous perdrez votre temps.

Kyle haussa un sourcil, visiblement impatient devant cette réponse peu utile.

— Quelque chose qui *ne* serait *pas* déjà réservé ?

Son ton frôlait l'impolitesse, et Patrick fut à la fois agacé et excité, puis troublé par le fait qu'il trouvait Kyle garce et attirant à un certain niveau. Il ne l'appréciait pas pour autant, mais il avait envie de lui donner une fessée. Patrick aimait parfois regarder des pornos impliquant la discipline, même si ce n'était pas quelque chose qu'il avait exploré dans la réalité.

Distrait, il prit un moment pour écouter ce que disait le commerçant.

— ... j'ai entendu dire que son fils avait aménagé une dépendance pour qu'elle puisse la louer, mais je ne suis pas sûr que ce soit terminé. Ça vaut peut-être la peine de demander.

— Vous avez son numéro ?

— Non, gamin. Mais vous pourriez passer la voir. Elle vit à Orchard Cottage. Quand vous sortez d'ici, tournez à droite, et c'est à environ 50 mètres en bas de la colline. C'est un peu caché au bout d'un chemin, mais il y a un panneau sur la route principale.

— On y va ? demanda Kyle à Patrick, qui haussa les épaules.

— Autant essayer.

— Écoutez, si elle ne peut pas vous aider, revenez me voir, proposa l'homme d'un ton bourru. J'habite au-dessus du magasin, et je n'ai pas beaucoup de place avec ma femme, ma fille et mes petits-enfants qui restent pour Noël, et les chats. Mais si vous êtes coincés, nous pourrions préparer le canapé pour l'un d'entre vous, et j'ai un lit gonflable qui pourrait convenir pour l'autre.

Touché par la générosité de l'étranger, Patrick dit :

— Merci beaucoup. J'espère que nous n'aurons pas besoin de vous déranger, mais j'apprécie votre offre.

Kyle adressa un sourire sincère à l'homme.

— Oui. C'est vraiment gentil de votre part. Merci.

— Au fait, je m'appelle Mike, se présenta le commerçant en tendant la main à Patrick, qui la serra.

— Patrick.

— Kyle, ajouta celui-ci en serrant la main qui lui était tendue.

— Bonne chance. J'espère que Mme Wilcox pourra vous aider. Mais, comme je l'ai dit, revenez si vous êtes coincés.

— Jusqu'à quelle heure êtes-vous ouvert aujourd'hui ? demanda Patrick. Nous aurons probablement besoin de revenir pour nous approvisionner de toute façon.

— Je ferme à dix-huit heures.

Il était un peu plus de quinze heures, ce qui leur laissait beaucoup de temps.

— À plus tard alors.

ORCHARD COTTAGE ÉTAIT CONSTRUIT en pierre grise. Isolé, il se trouvait en retrait de la route principale du village et était entouré d'arbres, ce qui le rendait plutôt sombre et effrayant. À cela s'ajoutait l'aspect légèrement délabré de la propriété. Les cadres des fenêtres et la porte d'entrée auraient dû être repeints depuis longtemps.

Comme ils s'approchaient, un chien commença à aboyer férocement. Kyle se figea sur place, les yeux écarquillés.

— Ce n'est rien, assura Patrick avec une confiance qu'il ne ressentait pas. C'est juste pour la prévenir que nous arrivons.

— Hmm.

Kyle resta en retrait, laissant Patrick ouvrir la voie et frapper à la porte.

Le heurtoir en laiton fit un *rat-tat-tat* aigu, et le volume des aboiements augmenta de façon spectaculaire. Le rythme cardiaque de Patrick s'accéléra lorsque quelqu'un tripota une chaîne à l'intérieur de la maison. Il espérait que le propriétaire du chien avait une bonne prise dessus.

— Couché, Dex ! dit une voix féminine tranchante. Ça suffit. *Assis !*

Les aboiements cessèrent et la porte s'ouvrit de quelques centimètres. Un visage ridé leur fit face.

— Que voulez-vous ?

Un grognement du chien accompagna ces mots, et la vieille dame se retourna et émit un sifflement aigu entre ses dents. Le grognement s'arrêta.

— Alors ? insista-t-elle, s'adressant de nouveau à Patrick.

— Mme Wilcox, c'est ça ? demanda-t-il en utilisant son ton le plus poli.

Un mouvement de tête lui indiqua qu'ils se trouvaient devant la bonne personne.

— Je m'appelle Patrick, et voici mon collègue, Kyle. Nous avons, euh... entendu dire que vous auriez peut-être une chambre ou quelque chose à louer ? Je sais que le délai est court, mais notre voiture est tombée en panne et nous sommes coincés ici ce soir, à cause de la neige, et Mike du magasin a dit...

— Ce n'est pas encore prêt pour les invités, assena-t-elle, et elle commença à refermer la porte sur eux.

— Attendez ! l'arrêta Patrick. Nous n'avons pas beaucoup d'autres options. En quoi n'est-elle pas prête ? Nous n'avons pas besoin de luxe et nous pouvons payer ce que vous demanderez.

Elle s'immobilisa, leur jetant un coup d'œil suspicieux.

— Elle n'est que partiellement meublée et a besoin d'être peinte.

— Est-ce qu'il y a des lits ? C'est tout ce dont nous avons besoin.

— Il en a un. Un double.

Patrick se tourna vers Kyle et haussa les sourcils.

— Tu es d'accord pour partager ?

Kyle haussa les épaules.

— Peu importe. C'est mieux que de dormir sur un canapé ou sur le sol, ce qui semble être nos seules autres options.

Patrick plaida auprès de Mme Wilcox.

— S'il vous plaît, pouvons-nous la louer ?

Elle l'étudia. Son regard était pénétrant, et il eut la désagréable impression qu'elle pouvait lire dans ses pensées. Finalement, elle ouvrit la porte un peu plus grand. Minuscule et s'appuyant lourdement sur un bâton pour se soutenir, elle était tout de même redoutable.

— Non ! dit-elle sèchement, alors que Dex – qui était un énorme berger allemand – faisait un mouvement comme pour se jeter sur Patrick. Assis.

Dex émit un petit gémissement de frustration, mais s'assit, l'air coupable.

— Bon chien.

Dex remua un peu la queue.

— Je vais vous montrer l'endroit, et si vous êtes sûrs de

le vouloir, nous parlerons argent. Laissez-moi juste un moment pour mettre mon manteau et mes bottes.

Laissant la porte entrouverte, elle disparut de leur vue au son d'un bruissement.

Dex les fixait comme s'il attendait qu'ils mettent un orteil hors de la ligne. Il tremblait pratiquement sous l'effort qu'il devait faire pour ne pas sauter. Patrick admirait la maîtrise de soi du chien et la façon dont Mme Wilcox l'avait dressé, mais il aurait été bien plus heureux avec une porte entre eux.

Lorsque Mme Wilcox sortit enfin, vêtue d'un épais manteau, de bottes, d'un bonnet et de gants, elle siffla et se tapota la hanche. Dex s'élança, la suivant pendant qu'elle passait la porte d'entrée, s'appuyant sur son bâton.

— Laisse-moi vous aider, proposa Patrick en lui offrant un bras pour l'aider à descendre la marche d'entrée, mais il le retira quand Dex grogna de nouveau.

— Je peux me débrouiller.

Elle les conduisit sur le côté de la maison et le long d'un chemin de gravier, jusqu'au fond du jardin couvert de neige, où se trouvait une dépendance basse. Contrairement à la maison, celle-ci avait une porte fraîchement peinte et des fenêtres qui étaient clairement neuves. Elle était minuscule, cependant, ressemblant plus à une maison de poupée qu'à quelque chose dans lequel deux hommes adultes pourraient rester.

— C'était une porcherie, expliqua-t-elle. Mon fils l'a transformée pour moi. Il a dit que je pourrais gagner de l'argent en la louant aux touristes. Il pensait que ça n'aurait pas d'importance qu'elle soit petite. Les petites maisons sont à la mode en ce moment, apparemment. Ça n'a aucun sens pour moi.

Elle sortit un trousseau de clés et déverrouilla la porte, entrant avec Dex sur les talons.

— Toute l'électricité et la plomberie sont faites, mais il n'y a pas encore de Wi-Fi. Il faut encore faire un peu de peinture et il y aura éventuellement plus de meubles – une table et une table basse, et un peu plus de rangements pour les vêtements.

Patrick dut se baisser pour passer l'entrée, tout comme Kyle – mais pas autant – et quand il se redressa, il regarda autour de lui, impressionné.

Une conception astucieuse avait transformé le petit espace en quelque chose de parfait pour deux personnes, pour autant qu'elles n'aient pas peur d'être proches. Le bâtiment de plain-pied était composé essentiellement d'une grande pièce avec une porte à une extrémité qui, selon Patrick, devait mener à une salle de bain. Près de cette porte, il y avait une petite cuisine intégrée avec un micro-ondes, une bouilloire et un grille-pain sur le comptoir et un réfrigérateur en dessous, à côté d'un placard.

Le lit était une plate-forme construite dans l'espace du toit, à l'extrémité opposée à la cuisine. On y accédait par une solide échelle en bois. Il y avait à peine assez d'espace pour s'y asseoir. C'était confortable, mais ne convenait pas à quelqu'un qui était un peu claustrophobe. Et celui qui se trouvait du côté intérieur ne pouvait pas sortir sans déranger l'autre personne.

Un confortable canapé en cuir marron était placé le long d'un mur avec une télévision en face sur un support, et deux chaises en bois étaient disposées du côté de la cuisine, l'air plutôt solitaire sans table. Il n'y avait aucun autre meuble, pas même une table basse sur laquelle poser un verre. Les murs étaient encore en plâtre et le sol en béton brut. Patrick frissonna en imaginant la sensation sous des pieds nus. Il était heureux de voir qu'il y avait un chauffage au gaz. Il gelait à l'intérieur pour le moment, mais un petit espace comme celui-ci se réchaufferait rapidement.

— J'aime ce que vous avez fait avec cet endroit, s'extasia-t-il. Ça va être fantastique une fois que ce sera terminé.

— Je suppose. Si vous aimez ce genre de choses, répondit Mme Wilcox, l'air peu impressionnée. Je ne vois pas pourquoi quelqu'un qui peut se payer une belle chambre d'hôtel voudrait payer ce que mon fils dit que je devrais faire payer pour cet endroit. Mais je ne vais pas me plaindre, si ça me rapporte un peu plus d'argent.

Se tournant vers Kyle, Patrick demanda :

— Tu es d'accord pour qu'on reste ici ?

— Est-ce que j'ai le choix ? grommela Kyle en haussant les épaules.

— Non, à moins que tu veuilles dormir dans ta voiture – ou accepter l'offre de Mike concernant le canapé. Je pense que c'est préférable.

— Alors, c'est combien ? demanda Kyle à Mme Wilcox.

— Eh bien, une fois que tout sera terminé, je compte demander cent livres la nuit. Mais comme il y a encore du travail, disons soixante-quinze. Combien de nuits voulez-vous rester ?

Kyle et Patrick répondirent ensemble.

— Avec un peu de chance, juste... commença Patrick.

— Juste une, répondit quant à lui Kyle. L'assistance dépannage sera en mesure de nous remorquer demain.

Mme Wilcox ricana.

— Vous êtes sûr ? Avec cette neige, je pense que vous aurez de la chance de sortir.

— Il n'y a pas d'autres chutes de neige prévues avant demain soir, dit Patrick. Alors croisons les doigts.

L'idée d'être coincé ici avec Kyle pour plus d'une nuit ne l'emballait pas le moins du monde.

— Si vous croyez ce que dit la météo. J'ai vécu ici toute ma vie et, si j'avais reçu une livre pour chaque fois qu'ils se trompaient, je serais une femme riche. La neige tombera encore cette nuit. Je peux le sentir dans mes os.

— On verra bien, marmonna Kyle en lui lançant un regard furieux, comme si elle était personnellement responsable de la météo.

— Bon, disons une nuit pour l'instant, concéda Patrick calmement. Comment pouvons-nous vous payer ? Acceptez-vous PayPal ?

Mme Wilcox lui renvoya un regard vide.

— Quoi ?

— Ou je pourrais faire un virement bancaire.

— Un virement, ça ira. Je vous donnerai mes coordonnées plus tard.

Kyle désigna la porte au bout de la pièce.

— C'est la salle de bain ? Il y aura de l'eau chaude ?

— Oui. C'est une chaudière combinée, je vais vous l'allumer.

Elle traversa la pièce, Dex sur les talons.

— Oh, j'ai oublié de mentionner qu'il n'y a pas encore de porte pour la salle de bain. J'espère que ce n'est pas un problème.

Kyle jeta un coup d'œil à Patrick et leva les yeux au ciel, le dos tourné à Mme Wilcox.

— Je suis sûr qu'on va se débrouiller, répondit-il doucement.

Les joues de Patrick s'empourprèrent à l'idée de cette tentation. Kyle, nu et mouillé, sans une porte verrouillée entre eux, c'était dangereux.

— Bien sûr, réussit-il à dire, la gorge serrée.

La chaudière allumée, Mme Wilcox tendit une clé à Patrick.

— Je repasserai plus tard avec des draps et des serviettes.

— Merci.

QUATRE

Kyle sortit son téléphone dès qu'elle fut partie. Son cœur s'effondra, et il gémit à haute voix.

— Putain de merde !

Patrick leva les yeux de l'endroit où il était accroupi, près du chauffage au gaz.

— Quoi ?

— Pas de signal, et nous n'avons pas de Wi-Fi non plus, n'est-ce pas ?

Patrick haussa les épaules.

— Ce n'est pas la fin du monde. Nous avions du réseau à la boutique, donc si tu as besoin d'appeler quelqu'un, tu peux sortir plus tard pour le faire.

— Il ne s'agit pas seulement de passer des appels. J'espérais avoir des données pour pouvoir me connecter, utiliser Spotify, regarder Netflix et discuter avec des gens. Tu vois.

Non pas que Kyle soit franchement accro à Grindr, mais c'était un bon moyen de passer le temps. Il y avait plusieurs gars avec qui il discutait régulièrement, et c'était toujours amusant de prendre des contacts dans de nouveaux endroits.

Patrick haussa les sourcils.

— Je suppose que tu vas devoir trouver d'autres moyens de te divertir.

Il tourna un bouton sur le chauffage et appuya sur un autre. Après quelques clics, des flammes bleues se mirent à brûler.

— Je vais commencer par prendre une douche pour me réchauffer, si ça te va ? Je suis vraiment gelé.

— Bien sûr.

Kyle entra dans la salle de bain et actionna la douche. La pression de l'eau était décente et la vapeur commença à embuer la cabine pendant qu'il se déshabillait. Son jean était très mouillé à l'arrière, là où il était tombé dans la neige, tout comme le bas de sa chemise. Vêtu seulement d'un caleçon gris moulant, il ramena ses vêtements dans la pièce principale et plaça les chaises en bois près du radiateur, afin de pouvoir y faire sécher sa chemise et son jean. Il posa ses bottes sur le siège de la chaise, espérant qu'elles pourraient aussi sécher un peu. Puis il se dirigea vers sa valise et se pencha pour l'ouvrir et en sortir sa trousse de toilette.

En se redressant, il jeta un coup d'œil à Patrick, qui était agenouillé sur le sol, près de sa mallette ouverte. Patrick détourna rapidement le regard, les joues rougies.

Cachant un sourire, Kyle se dirigea vers la salle de bain, sachant sans aucun doute que Patrick était déjà en train de mater son cul, et il se délecta de cette attention.

Profite de la vue.

Alors qu'il se tenait sous le jet d'eau, Kyle se demanda

si Patrick était à l'aise avec sa sexualité. Il était manifestement intéressé par les hommes – Kyle en particulier – mais il n'avait rien entendu à ce sujet dans les rumeurs du bureau, donc il ne devait pas s'afficher au travail. Peut-être qu'il luttait encore contre l'envie ? Ou peut-être qu'il était juste discret à ce sujet ? Kyle n'avait pas essayé de cacher sa sexualité depuis qu'il avait quitté l'école. Même à l'école, il n'avait pas réussi à convaincre les gens qu'il était hétéro, alors à quoi bon ?

La douche était fantastique. De l'eau chaude à volonté et une pression parfaite. Kyle perdit la notion du temps en laissant la chaleur humide l'imprégner, le réchauffer et chasser le souvenir désagréable de la marche glaciale entre la voiture et ici.

Se savonnant les parties intimes, il se laissa aller à un petit fantasme, où Patrick était un puceau frustré du sexe gay, et il l'imagina se masturbant en pensant à son cul. D'après la façon dont Patrick le fixait, il était probablement actif – ou voudrait l'être, si la situation se présentait. Kyle laissa ses doigts glissants se faufiler jusqu'à la raie de ses fesses, appréciant la sensation qu'ils lui procurèrent en glissant sur son anus pendant qu'il se lavait.

— Euh. Kyle ?

La voix de Patrick le tira de sa rêverie.

Agacé d'être interrompu, sa voix sortit plus aiguë qu'il ne l'avait prévu.

— Quoi ?

— J'ai vraiment besoin de pisser. Tu vas être encore long ?

— Je ne sais pas. C'est combien de temps long ?

— Eh bien, tu as bientôt fini ?

— Pas vraiment.

Kyle ne s'était pas encore lavé les cheveux, et il aimait trop se laver le cul pour se presser. De plus, son sexe avait été attiré par l'attention et il serait bien de s'en occuper pendant qu'il était ici. Encore cinq minutes, et il serait satisfait.

— Je peux venir et utiliser les toilettes pendant que tu es là ?

Cette idée avait un certain attrait. S'il tournait le dos à Patrick, il pourrait cacher son érection. Et le fait de savoir que Patrick reluquerait son cul serait une source d'excitation pour lui et pourrait l'aider à jouir, une fois que Patrick serait reparti.

— Ouais, c'est bon, assura-t-il avec désinvolture. Je ne suis pas timide. Entre.

Il inclina son corps de façon que sa verge pointe vers le coin. En jetant un coup d'œil par-dessus son épaule, il vit Patrick entrer, lui jeter un coup d'œil, puis se précipiter vers les toilettes, qui étaient juste à côté de la cabine de douche. Kyle fut tenté de le regarder baisser sa fermeture éclair, mais il ne voulait pas l'effrayer, alors il ferma les yeux et tourna le visage vers le jet d'eau. Il se savonna de nouveau les mains et se retourna pour se laver le derrière, écartant ses fesses en espérant que Patrick le regarde.

Laissant le savon glisser de sa main, Kyle s'exclama à voix haute :

— Oh, mince.

Se penchant pour le ramasser, il prit son temps et jeta un regard furtif à Patrick à travers ses jambes.

Sexe en main, le regard fixé sur le cul de Kyle, Patrick avait une furieuse érection et n'urinait pas.

Kyle se redressa et regarda par-dessus son épaule, se concentrant sur le visage de Patrick plutôt que sur sa hampe.

— Tu as un problème ? Vessie timide ?

— Quelque chose comme ça, marmonna Patrick d'un ton étranglé, pivotant rapidement son corps pour cacher son érection.

Prenant pitié de lui, Kyle se concentra sur le lavage de ses cheveux au lieu de son cul et ignora Patrick.

Il entendit finalement la chasse d'eau des toilettes et Patrick dire :

— Bon. J'ai fini. Désolé de t'avoir interrompu.

— Pas de problème.

Kyle baissa la main et serra sa verge, qui avait un peu dégonflé.

Se branler ou ne pas se branler ?

Peut-être qu'il pourrait trouver quelque chose de plus intéressant à faire que de se masturber. Patrick l'aimait bien. Ça pourrait être amusant d'essayer de le persuader de s'amuser. Il y avait quelque chose de si droit chez Patrick que cela le rendait plus difficile. Kyle aimait le frisson de la chasse et il avait hâte de franchir cette réserve et de voir ce qui se cachait sous cet extérieur respectable.

Laissant son sexe tranquille, il finit sous la douche et sortit. Ce fut seulement à ce moment qu'il réalisa qu'il n'avait pas de serviette.

— Oh merde, marmonna-t-il. Patrick ? cria-t-il.

— Oui ?

— Il n'y a pas de serviettes.

Kyle n'en avait pas apporté. Pourquoi l'aurait-il fait, alors qu'ils étaient dans un hôtel où elles étaient fournies ?

— Oh. Eh bien, je n'en ai pas. Tu peux utiliser une chemise ou autre chose ?

— Je suppose que je vais devoir faire ça. Tu me passes mon T-shirt ? Il est accroché près du chauffage.

Il n'avait qu'une petite tache d'humidité et, au moins, il serait chaud.

— Attends.

Il y eut un bruit de mouvement, puis le bras de Patrick se faufila dans l'encadrement de la porte, lui tendant le tissu blanc.

— Tiens.

— Merci.

Le T-shirt fut plutôt inefficace, mais comme il n'avait pas trop de poils sur le corps, il réussit à être suffisamment sec pour remonter son caleçon sur ses jambes humides. Son T-shirt était trop mouillé pour être porté désormais, alors il retourna en sous-vêtements dans la pièce pour de nouveau suspendre le T-shirt. Patrick était assis sur le canapé, la télévision allumée. Cette fois, il garda les yeux soigneusement détournés pendant que Kyle se promenait en sous-vêtements.

— Ce chauffage est génial, hein ? dit Kyle. C'est une bonne chose. Je pense que je vais être obligé de rester comme ça jusqu'à ce que mes vêtements sèchent un peu.

— Tu pourrais porter ta chemise de travail, suggéra Patrick.

— Ce n'est pas très confortable, mentit Kyle.

Il pensait que ses chances de séduction étaient meilleures s'il montrait plus de peau.

— Et je suis bien comme ça, maintenant qu'il fait bon et chaud.

Prenant place sur le canapé à côté de Patrick, il écarta les jambes pour mettre en valeur la bosse dans son caleçon. Il n'était pas dur, mais il n'était pas vraiment mou non plus. Si Patrick prenait la peine de regarder, il pourrait mesurer l'intérêt de Kyle.

— Vraiment ? railla Patrick, la voix laconique. Inutile de parader à moitié nu. Tu as d'autres vêtements que tu pourrais porter.

— Oh, allez. N'essaie pas de me dire que tu n'apprécies pas la vue.

Kyle récupéra la télécommande qui se trouvait entre eux et commença à changer de chaîne.

— Je regardais !

— Conneries. Tu es plus intéressé par le fait de me reluquer que par la télévision.

— Putain, qu'est-ce que ça veut dire ?

Une rougeur rampa le long du cou de Patrick et inonda son visage alors qu'il se tournait avec colère vers Kyle.

Kyle haussa les épaules.

— Ça veut dire que tu n'es pas aussi subtil que tu le crois. Tu n'as pas arrêté de mater mon cul depuis qu'on a commencé à travailler ensemble, et à l'instant... pendant que j'étais sous la douche, tu étais assez dur pour transpercer les murs de cet appartement.

La mâchoire de Patrick se décrocha et son visage se teinta d'un rouge encore plus foncé.

— Je... tu... bafouilla-t-il. Je suis désolé.

— Patrick, ça ne me dérange pas.

Kyle se tourna pour lui faire face, remontant une jambe sur le canapé. Il s'approcha et posa une main sur la cuisse de Patrick.

— C'est flatteur, en fait. Et vu que nous sommes coincés ensemble pour la nuit avec cet endroit pour nous seuls. Eh bien... Peut-être que nous pouvons trouver quelque chose de plus excitant que la télévision pour nous divertir.

Il haussa un sourcil et fit à Patrick son sourire le plus sexy. Ce sourire ne l'avait presque jamais laissé tomber.

Les yeux écarquillés, Patrick avait l'air d'une créature sans défense face à un prédateur.

— Je n'arrive pas à y croire, marmonna-t-il, comme s'il s'adressait plus à lui-même qu'à Kyle.

— Alors, qu'en dis-tu ?

Kyle fit glisser sa main un peu plus haut, laissant tomber son regard sur la bosse croissante dans le jean de Patrick. Son corps était d'accord avec l'idée, même si son esprit avait besoin d'être un peu convaincu.

— Non. Pas question !

C'était un non un peu plus définitif que ce à quoi Kyle s'attendait. Il retira sa main, reculant de surprise et d'embarras. Avec Patrick entièrement habillé et le dévisageant avec horreur, Kyle se sentait maintenant plutôt mal à l'aise dans son état de déshabillage. Il y avait une couverture drapée sur le dossier du canapé, et il la tira sur lui pour se sentir moins exposé et vulnérable.

— Pourquoi pas ?

Il croisa le regard de Patrick, essayant de ne pas laisser transparaître sa déception sur son visage.

— Parce que nous sommes collègues et que je suis ton mentor. Ce serait totalement inapproprié et rendrait les choses plus difficiles, répondit Patrick en fronçant les sourcils et en secouant la tête.

Il avait raison. Mais Kyle n'était pas prêt à accepter la

défaite aussi facilement. La libido toujours en éveil, il préférait plonger et baiser, sans se soucier des conséquences.

— Mais tu ne seras plus mon mentor quand on rentrera après Noël. Et d'accord... nous serons toujours collègues, mais je suis sûr que nous pourrons nous arranger pour que les choses restent professionnelles par la suite. C'est seulement du sexe.

— Et c'est précisément pourquoi je ne veux pas faire l'amour avec toi, contra Patrick, la voix s'élevant en signe de frustration. Je ne cherche pas une baise occasionnelle, surtout pas avec quelqu'un que je n'aime même pas !

— Je ne t'aime pas non plus, rétorqua Kyle, ignorant la piqûre que les mots de Patrick avaient provoquée.

Il se fichait que Patrick l'aime ou non. Patrick était un con ennuyeux de toute façon, donc le sentiment était entièrement réciproque.

— Mais tu n'as pas besoin d'aimer quelqu'un pour avoir du bon sexe avec lui. Parfois, la friction peut faire partie du plaisir.

— Pas pour moi, grommela Patrick en se levant et en secouant la tête. J'aime les liens, l'amitié, le respect.

Kyle renifla.

— Je préfère me concentrer sur l'alchimie sexuelle et je pense qu'il y en aura entre nous.

Patrick semblait être le candidat idéal pour s'amuser avec lui. Compte tenu de leurs différences, Kyle ne se voyait pas tomber amoureux de Patrick, mais son instinct lui disait qu'ils seraient compatibles au lit, s'ils pouvaient passer outre le choc des personnalités assez longtemps pour essayer.

— Mais pourquoi ne pas en chercher d'autres ?

— Parce que, d'après mon expérience des rencontres, la connexion et le respect peuvent être rares.

Kyle avait renoncé aux relations lorsqu'il avait eu le cœur brisé à l'âge de dix-huit ans. Depuis lors, il préférait garder le contrôle. Il aimait être désiré, désirer, et il aimait le plaisir physique d'une bonne relation sexuelle. Mais il évitait de s'engager ou de s'approcher d'une relation et, quand il commençait à ressentir trop de choses pour un partenaire régulier, il s'enfuyait.

— Ça ne veut pas dire qu'on doit renoncer à essayer, marmonna Patrick, la voix serrée.

Quelque chose dans son expression disait à Kyle qu'il avait touché une corde sensible.

— OK. Ce n'est pas grave.

Kyle enroula la couverture plus confortablement autour de lui. Le rejet le frappait toujours de plein fouet. Avec sa belle apparence, son corps tonique et la confiance superficielle qui allait avec, il était rare que les hommes qu'il ciblait le repoussent. Les rares fois où cela se produisait, c'était profond et remuait des insécurités que Kyle préférait ne pas examiner.

Ça allait être incroyablement inconfortable d'être coincé avec Patrick pour la nuit désormais.

Patrick ressentait peut-être la même chose, car il se leva, instaurant un peu d'espace entre eux.

— Je vais retourner à la boutique du village. Nous avons besoin de quelques provisions : thé, café, lait, etc. Y a-t-il quelque chose en particulier que tu voudrais que je prenne ?

— Pas vraiment.

Kyle ne pouvait pas penser à la nourriture, il était trop préoccupé par le fait qu'il s'était ridiculisé.

— Je vais voir si le pub du coin sert de la nourriture ce soir, et si on doit réserver. Ce sera probablement plus agréable que tout ce que nous pourrons réchauffer au micro-ondes ici.

— Ouais, OK.

Kyle récupéra la télécommande et recommença à zapper, à la recherche d'une distraction. Il ignora Patrick, alors qu'il enfilait son manteau et ses bottes.

Une fois bien couvert, avec son sac à dos en bandoulière, Patrick dit :

— Je te laisse la clé. Je suppose que tu n'iras nulle part ?

— Non.

Kyle n'avait nulle part où aller. Piégé et malheureux, il se blottit sous la couverture quand Patrick sortit. Un souffle d'air glacé entra avant que Patrick ne ferme la porte derrière lui.

CINQ

Que diable vient-il de se passer ?

Patrick était encore sous le choc de la proposition inattendue de Kyle. Jamais il ne se serait attendu à ce que Kyle lui fasse des avances. Bien que Patrick ait admiré Kyle sans le vouloir depuis qu'ils avaient commencé à travailler ensemble, il n'avait jamais ressenti d'attirance mutuelle. Kyle savait-il cacher son intérêt ? Ou était-il simplement ennuyé et excité et draguait-il la seule option disponible ?

Quoi qu'il en soit, Patrick savait qu'il avait pris une bonne décision en disant non. Même si une partie de lui ne pouvait s'empêcher de ressentir un petit regret pour l'opportunité perdue, c'était la bonne chose à faire. Avoir un superbe cul ne compensait pas l'horrible personnalité de Kyle, et travailler ensemble serait incroyablement gênant s'ils sortaient ensemble, pour Patrick en tout cas. Peut-être que Kyle était capable de baiser et d'oublier tout, mais ce n'était pas le style de Patrick.

Cette situation était irréelle, et Patrick secoua la tête comme pour la clarifier alors qu'il traversait le jardin de

Mme Wilcox. La neige s'était arrêtée, mais le ciel était de mauvais augure. L'obscurité commençait à tomber, et il aurait aimé avoir une lampe frontale. Au moins, il avait son téléphone s'il avait besoin de lumière pour retrouver son chemin. Lorsqu'il atteignit la route principale qui traversait le village, il fut soulagé de constater que des lampadaires diffusaient une douce lueur.

La neige craquait sous ses pieds, une couche glacée se formant au fur et à mesure que la température baissait. Il marchait prudemment, craignant de glisser. Décidant de vérifier le pub d'abord, il passa devant le magasin et continua. Le chemin s'incurvait vers la gauche et commença à monter de manière plus abrupte. Après avoir fait un coude vers la droite, Patrick put voir une enseigne de pub allumée devant lui.

Lorsqu'il arriva devant la porte, il fit tomber autant de neige que possible de ses pieds avant d'entrer.

L'intérieur du pub était délicieusement chaud et sentait légèrement la fumée de bois. C'était un magnifique bâtiment ancien, avec des sols en dalles et des poutres en bois foncé. Un véritable sapin de Noël était décoré avec goût de lumières blanches scintillantes et de boules rouges et argentées, et Bing Crosby chantait « White Christmas » en fond sonore.

Il y avait quelques personnes dans le bar, certaines à des tables, et un couple de vieux hommes sur des tabourets de bar. Les hommes au bar lui jetèrent un coup d'œil lorsqu'il s'approcha et le saluèrent poliment de la tête.

— Je suis à vous dans une minute, mon chou, lança une femme d'âge moyen depuis la tireuse où elle versait une pinte.

— OK.

Patrick ouvrit un menu pendant qu'il attendait, parcourant les options. Ç'avait l'air bien. La cuisine traditionnelle des pubs avec les habituels steaks, burgers, saucisses et purée, poissons et frites, et la préférée de Patrick : la tourte au steak et à la bière.

— Comment puis-je vous aider ? s'enquit la femme en lui souriant, calant une mèche de cheveux blonds derrière son oreille.

— Je voulais vérifier si vous serviez à manger le soir, et si oui, dois-je réserver ?

— Oui, nous sommes ouverts. Pour combien de personnes ?

— Deux.

— Très bien. Il n'y a pas besoin de réserver, alors, sauf si c'est une grande fête.

— Super, merci. Je reviendrai plus tard dans ce cas.

— On commence à servir à dix-huit heures, dit-elle joyeusement. À plus tard !

DE RETOUR À LA BOUTIQUE, Mike le salua d'un signe de tête et d'un sourire de reconnaissance.

— Re-bonjour. Vous avez réussi à trouver un endroit où loger ?

— Oui, grâce à vous. Mme Wilcox nous laisse louer son appartement.

— C'est une bonne nouvelle. Ce sera probablement beaucoup plus confortable que mon canapé et un matelas gonflable.

Après la conversation qu'il venait d'avoir avec Kyle,

Patrick aurait été très heureux de s'échapper sur le canapé de Mike pour mettre un peu d'espace entre eux. Mais il ne voulait pas déranger Mike et sa femme. Il semblait qu'ils avaient déjà une maison pleine.

Patrick prit un panier et parcourut les étagères. Pour une épicerie de village, elle était bien approvisionnée, avec une belle sélection de nourriture. Il y avait les produits de base, comme le pain, le lait, les céréales et les conserves, ainsi que des articles de luxe, comme des fromages intéressants, des viandes en tranches, des gâteaux et des biscuits qui avaient été cuits sur place plutôt que produits en masse dans une usine. La seule chose qui manquait était les fruits et légumes frais, mais Patrick pouvait s'en passer. Et surtout, il y avait une sélection de vins étonnamment bonne. Il choisit deux bouteilles de rouge et les ajouta à son panier.

— Ça devrait vous permettre de tenir, plaisanta Mike en souriant pendant qu'il enregistrait ses achats.

— Jusqu'au Nouvel An, je pense.

Patrick exagérait peut-être un peu, considérant qu'ils ne seraient probablement là que pour une nuit et qu'ils dîneraient dehors. Mais il pourrait ramener le reste à la maison et en profiter à Noël. De la bonne nourriture pourrait atténuer la solitude d'un Noël tout seul, avec des souvenirs de Matt pour le narguer à chaque instant.

Après avoir payé les courses, Patrick dit :

— Merci encore de nous avoir aidés et d'avoir proposé de nous héberger.

— Ce n'est pas un problème. Je ne repousse jamais quelqu'un qui a besoin d'un abri.

— J'espère que vous et votre famille passerez un bon

Noël. Vous êtes quand même ouvert demain ou vous pouvez vous reposer le soir de Noël ?

— Toujours ouvert. Il y a forcément des gens qui ont besoin de quelque chose à la dernière minute, surtout quand il y a de la neige et qu'ils ne peuvent pas aller au supermarché. Mais je ferme à 16 h, donc ce ne sera pas une longue journée. Ensuite, je prends deux jours de congé.

— Eh bien, profitez de votre pause. Merci encore pour votre aide.

— Pas d'inquiétude, mon garçon. Bon retour demain.

Il faisait presque nuit lorsque Patrick descendit le chemin menant à la maison de Mme Wilcox. Les nuages s'étaient dissipés, et il y avait quelques zones de ciel clair, où les premières étoiles scintillaient. En utilisant la torche de son téléphone, il éclaira le chemin à travers le jardin jusqu'à sa maison pour la nuit. Il s'arrêta un instant, se préparant à faire face à Kyle. Il avait eu l'air plutôt énervé par son rejet, mais franchement. À quoi diable s'attendait-il ?

Il prit une profonde inspiration et ouvrit la porte, qu'il avait laissée déverrouillée.

Kyle était toujours recroquevillé sous la couverture du canapé. Les genoux repliés et le tissu serré autour de lui, il y avait une certaine douceur dans ses traits tandis qu'il fixait la télévision. Il semblait plus jeune que d'habitude, plus vulnérable et infiniment plus attirant. Un sentiment de regret traversa Patrick, mais il le repoussa rapidement.

J'ai pris la bonne décision. Il n'y a pas de retour en arrière possible.

Décidant de continuer comme si rien de fâcheux ne

s'était produit, il salua joyeusement Kyle en enlevant ses bottes enneigées.

— Salut. Tu vas bien ?

Kyle ne croisa pas son regard.

— Mmm.

Un grand sac de transport était posé sur le sol à côté de Kyle.

— Qu'est-ce que c'est ?

— Mme Truc l'a apporté. Ce sont des serviettes, de la literie et d'autres choses.

Patrick eut l'air anormalement enthousiaste, mais il ne pouvait pas s'en empêcher.

— Oh, génial. Le magasin avait plein de trucs sympas, alors je nous ai acheté plein de choses différentes à grignoter. J'espère qu'il y en aura que tu aimeras. Tu as faim ? Le pub sert de la nourriture à partir de dix-huit heures, donc nous pourrons dîner là-bas. Mais si tu as un petit creux en attendant, il y a beaucoup de choix.

Il posa son sac sur le comptoir de la cuisine et commença à déballer les courses.

Détachant son attention de la télévision, Kyle s'approcha, la couverture toujours enroulée autour de lui, même si la chaleur était inconfortable à présent. Patrick enleva son manteau et le pull qu'il portait dessous. Même jusqu'à son T-shirt, il était encore bouillant, la sueur piquant son dos et humidifiant ses aisselles.

— As-tu assez chaud ? Je peux éteindre le chauffage pour un moment ?

— Oui. Je suppose.

Kyle croisa finalement les yeux de Patrick, bien que

brièvement. L'expression dure qui lui était plus familière était de retour, la vulnérabilité antérieure murée et cachée.

— Tu as pris quel alcool ?

— Du vin, répondit Patrick en sortant l'une des bouteilles et en la posant sur le comptoir.

Kyle la saisit, puis se rapprocha de Patrick pour ouvrir un tiroir dans le meuble de la cuisine.

— Merde. Tu aurais dû prendre un bouchon à vis. Il n'y a pas de putain de tire-bouchon.

Respirant lentement par le nez, Patrick résista à l'envie de répliquer. Il était évident que la fierté de Kyle était blessée, alors il devait le laisser un peu tranquille.

— J'en ai un, l'informa-t-il en récupérant son sac, avant d'en sortir un couteau suisse. Tiens.

Il ouvrit l'accessoire tire-bouchon.

— Tu veux que je l'ouvre ?

— Non, marmonna Kyle, et il s'en empara et commença à s'acharner sur la bouteille.

Le laissant faire, Patrick finit de déballer son sac, mettant les produits frais dans le réfrigérateur et laissant le reste sur le comptoir. Il ouvrit ensuite le placard et fut heureux de constater qu'il contenait deux verres à vin, ainsi que quelques assiettes, bols, tasses et autres verres.

— Verse-m'en un peu aussi, s'il te plaît.

— Euh, je pourrais avoir besoin d'un peu d'aide.

Renfrogné et rougi, Kyle lui tendit la bouteille et le tire-bouchon. Il avait réussi à retirer un morceau de liège, mais le reste était coincé.

Patrick essaya de ne pas sourire, mais à la façon dont le visage de Kyle se froissa, il se dit qu'il avait échoué. Tirant le reste du bouchon d'un geste expert, il versa un peu de vin dans chaque verre et en tendit un à Kyle.

— Merci.

Kyle vida le sien, puis reprit la bouteille et remplit son verre d'une mesure beaucoup plus généreuse.

— Il n'est pas mauvais, accorda-t-il, sur un ton qui suggérait qu'il n'aimait pas l'admettre.

Après en avoir pris une gorgée et l'avoir laissée s'attarder sur son palais, Patrick acquiesça.

— Oui, il est assez bon. Il sera meilleur si on le laisse respirer un peu.

Kyle but une autre grande gorgée. Il ne semblait pas que le vin allait avoir une chance de respirer à ce rythme.

Le laissant bouder, Patrick fit le lit, puis sortit un journal qu'il avait acheté à la boutique. Assis sur le canapé, aussi loin que possible de Kyle, il sirota son vin et lut quelques articles qui l'intéressaient avant de se lancer dans les mots croisés.

À PRESQUE DIX-HUIT HEURES, la bouteille de vin était vide. Patrick n'en avait bu qu'un tiers, tout au plus. Il se sentait relaxé et détendu, contrairement à Kyle, qui était toujours assis, la mine ressemblant à un nuage de tonnerre.

— Ce vin m'a donné mal à la tête, grommela-t-il en se glissant dans son jean maintenant sec, dos à Patrick.

Incapable de résister à l'envie d'admirer de nouveau le cul de Kyle, Patrick répondit doucement :

— Tu n'aurais peut-être pas dû en boire autant et si vite.

— Je n'en ai pas bu beaucoup.

Kyle passa son T-shirt sur sa tête, sa peau lisse tentant Patrick avec ce qu'il manquait.

La brume de l'alcool ébranlait ses inhibitions, et une petite voix au fond de son esprit continuait à poser des questions dangereuses.

Et si c'était arrivé ? Comment ça aurait été ? Et si tu lui disais que tu as changé d'avis ?

Il se leva du canapé et prit son manteau. Plus vite il sortirait, là où l'air glacial lui viderait la tête, mieux ce serait.

— Tu es bientôt prêt ?

— Oui. Comment c'est dehors ? Il neige encore ?

Regardant par la fenêtre, la main faisant écran à la lumière, Patrick répondit :

— Non. Je ne pense pas. Il fait juste très froid.

— Mes bottes vont encore être trempées.

— Probablement, convint brièvement Patrick.

Il n'avait aucune sympathie pour les gens qui ne s'habillaient pas en fonction du temps.

— Est-ce qu'on doit vraiment sortir ? Il n'y a pas assez de nourriture ici ?

— J'ai envie d'un vrai repas, pas de fromage et de crackers. Je vais au pub. À toi de décider si tu viens avec moi ou pas.

Il referma son manteau et enfonça son bonnet sur ses oreilles.

— Tu es vraiment un connard suffisant parfois, ronchonna Kyle en enfilant sa veste, toisant Patrick. Je vais geler.

— Si j'avais une autre paire de chaussures plus appropriées avec moi, je te les prêterais. Mais je n'en ai pas, expliqua Patrick en haussant les épaules. Ce n'est pas ma faute, si tu n'as pas fait tes bagages de manière plus appropriée.

— Je n'avais pas prévu de marcher dans la neige. Et il n'y a pas que les chaussures. Cette veste est inutile aussi.

— Les chaussures, je peux comprendre, admit Patrick à contrecœur. Mais aller n'importe où sans un manteau décent en décembre, c'est plutôt stupide.

— Seigneur Dieu ! On croirait ma mère. Nous avons assisté à une réunion d'affaires, et ensuite nous sommes restés dans un putain d'hôtel ! aboya Kyle, qui tirait furieusement sur la fermeture éclair de sa veste. Pourquoi diable aurais-je eu besoin de quelque chose de plus qu'une veste ?

— Tu es sorti hier soir, à l'hôtel. Tu n'as pas eu froid ?

Kyle ne l'avait pas prévenu qu'il sortait après leur dîner ensemble, mais ce matin, c'était devenu évident. Ce n'était pas possible qu'il ait eu une telle gueule de bois après un dîner tranquille avec Patrick.

— Non, je n'ai pas eu froid. Les taxis, ça existe, tu sais.

Le sarcasme transformait les mots de Kyle en glaçons, en piqûres et en aiguilles.

— Eh bien, peu importe. De toute façon, on ne peut rien y faire. Donc tu pourrais aussi bien arrêter de te plaindre à ce sujet, se moqua Patrick, incapable de résister à la réplique.

— Je ne pleurniche pas. Oh, et puis merde, cette putain de fermeture éclair !

— Qu'est-ce qu'elle a ?

— Elle est bloquée.

Kyle tira dessus, d'abord vers le haut, puis vers le bas,

mais la fermeture éclair refusait obstinément de bouger dans un sens ou dans l'autre.

— Eh bien, tu n'aurais pas dû être si brutale avec elle. Laisse-moi voir.

— Je ne suis pas un enfant, aboya Kyle, s'écartant des mains tendues de Patrick et lui tournant le dos. Merde. Regarde ce que tu m'as fait faire !

En se retournant, sa veste était encore partiellement zippée en bas, mais le curseur s'était détaché.

— Merde !

Il le balança à travers la pièce, où il rebondit sur le mur dans un tintement métallique.

— Pas un enfant, hein ? railla Patrick en haussant les sourcils. Tu aurais presque pu me tromper.

— Oh putain !

Kyle tira sur sa veste, forçant la fermeture éclair coincée à se séparer. En haussant les épaules, il la jeta par terre.

— Vas-y sans moi. Je n'ai pas très faim, de toute façon.

Il se dirigea vers le canapé et s'y laissa tomber. Assis, les bras croisés autour de lui, il fixa l'écran de télévision vide et sombre d'un air vaincu.

Malgré son agacement résiduel, Patrick ressentit un sentiment de culpabilité pour l'avoir énervé. Le traiter d'enfant n'avait probablement pas été très constructif, même s'il s'était comporté comme un gamin pendant une crise de colère.

— Écoute. J'ai une polaire que tu peux emprunter. Allez, Kyle. Viens manger avec moi. Le menu du pub avait l'air vraiment bon.

Il y eut un long silence, que Patrick compta avec les battements de son cœur en attendant une réponse.

Finalement, Kyle se tourna pour rencontrer son regard.

— Tu es sûr de vouloir ma compagnie ? Je suis un peu con ce soir.

Cet aveu atténua la colère de Patrick.

— Ce n'était pas mon meilleur moment non plus, admit-il. Et oui. Je n'aime pas manger seul.

Le fantôme d'un sourire.

— OK alors.

Patrick récupéra sa polaire dans la pile d'affaires débordant de sa valise et la lui tendit.

— Allons-y.

SIX

Kyle se sentait horriblement mal à l'aise, alors qu'ils marchaient vers le pub.

Encore tout agacé d'avoir perdu son sang-froid, il ne savait pas s'il devait se sentir coupable ou furieux. L'attitude supérieure de Patrick l'avait irrité, et il avait perdu le contrôle. Il s'en voulait d'avoir agi de la sorte, car il n'avait fait que donner à Patrick une raison supplémentaire de penser du mal de lui.

Pourquoi se souciait-il soudain de ce que Patrick pensait ? Au bureau, il avait apprécié leurs joutes verbales, mais n'avait jamais perdu son sang-froid. Le fait qu'il était encore sous le coup de l'indignité d'avoir été rejeté et qu'il avait ensuite bu tout ce vin avec l'estomac vide y était probablement pour quelque chose.

Obnubilé par ses pensées, Kyle ignora ses pieds froids et humides et ne se plaignit pas de la finesse de la polaire de Patrick. Il était reconnaissant d'avoir quelque chose pour le protéger du froid glacial, alors qu'ils remontaient la route vers le pub. La polaire sentait légèrement l'après-rasage épicé et une autre odeur qui devait être celle de Patrick lui-même.

Kyle choisit son chemin avec précaution, prenant garde à ne pas glisser. Il imaginait qu'il était à la maison et au sec, tandis qu'ils approchaient du pub bien éclairé. Mais à quelques mètres de la porte, il glissa sur une plaque de glace, fit la terrifiante expérience de son pied qui s'éloigne de lui et perdit l'équilibre.

— Je te tiens.

Patrick était juste là, un bras autour de son épaule comme un étau, et son autre main agrippant son bras.

— Merci.

Kyle jeta un coup d'œil en biais pour voir le visage de Patrick près du sien. Les lumières de Noël à l'extérieur du pub accrochaient ses pommettes, soulignant les creux en dessous et la force de sa mâchoire.

Kyle blâma la faiblesse de ses genoux pour avoir manqué de peu de tomber.

— De rien.

Patrick le récompensa d'un rapide sourire. Il relâcha son emprise sur Kyle, mais garda une main sur son bras jusqu'à ce qu'ils atteignent la porte du pub.

— Après toi.

Kyle entra et fut accueilli par une chaleur bienfaisante, le faible son de la musique de Noël et une délicieuse odeur de nourriture. Sa bouche se mit à saliver instantanément et son estomac se contracta de faim.

Ils allèrent au bar, où Patrick salua une femme derrière le bar avec un joyeux « Re-bonjour ».

— Salut. Ravie que vous soyez revenu. Que puis-je vous servir à boire ?

— Je voudrais une pinte de Lakeland Gold, s'il vous plaît, et... ?

Il tourna la tête vers Kyle avec un air interrogateur.

— Un verre de vin rouge, s'il vous plaît.

Kyle se dit qu'il était sage de ne pas mélanger les alcools, vu la quantité de vin qu'il avait déjà bu.

— Grand ou petit ? demanda la dame.

— Un petit, s'il vous plaît, et un verre d'eau aussi.

La dispute avec Patrick et la promenade dans la neige l'avaient un peu dégrisé, mais il ne voulait pas en faire trop.

Ils commandèrent leurs plats en même temps que leurs boissons et payèrent, puis partirent trouver un siège. Il y avait beaucoup de place, et ils choisirent une table dans le coin du bar principal. Nichée près du feu, elle était confortable et avait un côté intime. Assis l'un en face de l'autre, Kyle se sentait découragé à l'idée d'essayer d'avoir une conversation civilisée, alors il prit son vin et but une gorgée pour se fortifier.

— Alors, quels sont tes projets pour Noël ? se lança-t-il en établissant un contact visuel et en souriant. En supposant que nous soyons rentrés à temps.

Il y eut une pause avant que Patrick ne réponde par un haussement d'épaules.

— Je n'ai pas vraiment de projets. Je comptais juste me détendre à la maison.

— Tu ne rends pas visite à ta famille ?

— Non. Mes parents ont émigré au Canada il y a quelques années... C'est bon, ajouta-t-il, alors que Kyle fronçait les sourcils. Nous n'avons jamais été très proches. Je leur rends visite de temps en temps, mais généralement l'été. C'est mieux pour les randonnées à ce moment-là.

— Oh.

La conversation s'arrêta de manière inconfortable. Kyle ne savait pas quoi dire d'autre. L'idée que Patrick passe Noël seul le troublait, et il ne savait pas pourquoi. Patrick était un adulte ; il aurait sans doute pu faire des projets avec des amis s'il l'avait voulu ? Peut-être faisait-il partie de ces gens qui n'aimaient pas Noël et préféraient éviter toute cette agitation ? Kyle pouvait s'identifier à cela ; il ne s'en souciait pas tant que ça, maintenant qu'il était adulte, mais il aimait voir sa famille.

— Et toi ? Quels sont tes projets ? reprit Patrick après une pause.

Son ton était léger, mais il y avait une tension dans ses traits.

— Rien de très excitant. Je comptais rendre visite à ma mère et rester deux ou trois nuits. J'ai deux petites sœurs, et elles vivent encore à la maison.

— Ça a l'air bien.

— Tu as des frères et sœurs ? interrogea Kyle.

— Un frère.

Kyle ne demanda pas pourquoi Patrick ne le voyait pas à Noël. Les familles étaient compliquées, il ne le savait que trop bien. Il fut reconnaissant à Patrick de ne pas lui avoir posé de questions sur son père. Même maintenant, cela lui faisait mal de penser à la façon dont son père les avait abandonnés – pas littéralement, mais c'était comme s'il l'avait fait. Après avoir quitté la mère de Kyle et s'être remarié, il avait été trop pris par sa deuxième famille pour s'occuper des enfants plus âgés de son premier mariage. Kyle ne l'avait vu qu'une fois l'année dernière.

Pendant une autre pause gênante, ils burent tous deux

leurs boissons. *J'aurais peut-être dû prendre le grand verre,* pensa Kyle.

— Alors, comment te sens-tu à l'idée de voler en solo en janvier et de travailler seul ? s'enquit Patrick. Parle-moi des clients que Brian t'a donnés.

Reconnaissant pour la diversion, Kyle fut heureux de parler boutique jusqu'à ce qu'ils soient distraits par l'arrivée de leur repas.

— Mmm. C'est délicieux.

Patrick sourit à Kyle après avoir goûté la tourte au steak et à la bière qu'il avait commandée.

— Ouais. C'est vraiment bon.

La saucisse et la purée de Kyle étaient bien meilleures que ce à quoi il s'attendait. Il y avait des poireaux dans la purée, et les saucisses étaient de bonnes saucisses de boucher, parfumées aux herbes et au poivre noir. La sauce aux oignons était clairement faite maison et avait un goût merveilleux.

— Quel aurait été ton deuxième choix si tu n'avais pas commandé les saucisses purée ? demanda Patrick.

— Hmm... laisse-moi réfléchir.

Ils discutèrent de la nourriture pendant qu'ils mangeaient, parlant de ce qu'ils aimaient et de ce qu'ils détestaient. Kyle avoua sa légère addiction au chocolat, tandis que Patrick soutenait qu'il pouvait facilement vivre sans chocolat, mais que le fromage était sa faiblesse.

— Et ces aliments que tu aimerais apprécier, mais qui te laissent indifférent ? interrogea Kyle. C'est ce que j'ai toujours pensé des olives. J'aime l'idée des olives, elles sont saines et elles sont jolies. Je ne les déteste pas, mais je ne comprends pas pourquoi certaines personnes sont si enthousiastes à leur sujet.

— Oh oui, j'adore les olives ! Je suis pareil avec les champignons. Je n'aime pas ça. J'ai pris l'habitude de les éliminer de ma nourriture, je préfère encore les éviter. On en trouve dans beaucoup de choses, alors c'est embêtant que je n'aime pas ça.

Patrick mangea le dernier morceau de sa tourte, son assiette presque vide.

Kyle avait déjà terminé et était adossé à sa chaise, son verre à la main.

— Eh bien, j'adore les champignons, tu pourras toujours me les donner.

Patrick lui jeta un regard étrange pendant qu'il mâchait, et quand il eut terminé sa bouchée, il dit :

— Nous ne mangeons pas souvent ensemble.

Rougissant, Kyle réalisa ce qu'il avait dit. Mais d'où cela venait-il ?

— Non, non, bien sûr que non. Laisse tomber.

Il vida la dernière goutte de son vin.

— Je prendrais bien un autre verre. Je peux en commander un pour toi aussi ?

— Je pourrais toujours les garder pour toi, répondit Patrick.

Kyle fronça les sourcils, confus, alors Patrick ajouta :

— Je pourrais prendre un doggy bag de champignons et te l'apporter au bureau le lendemain. Je déteste gaspiller la nourriture.

Patrick grimaça.

Kyle gloussa. Peut-être que la bière était montée à la tête de Patrick.

— Tu es bizarre. Mais oui. Je ne dirai jamais non aux champignons. Maintenant, que dirais-tu d'un autre verre ?

— Oui, s'il te plaît, la même chose.

— Comment ça s'appelait ?

— Lakeland Gold.

TOUS DEUX RASSASIÉS, ils ne prirent pas la peine de commander un dessert. Une fois leurs assiettes débarrassées, ils s'attardèrent, sirotant lentement leur deuxième verre, et la conversation passa aux films et à la télévision. Sans surprise, ils avaient des goûts complètement différents, Kyle aimant les thrillers et les films d'horreur, alors que Patrick admettait avoir un faible pour les comédies romantiques et les comédies musicales.

— Plus c'est ringard, mieux c'est, admit-il avec un sourire d'autodérision. Je suppose que je suis un vieux romantique dans l'âme.

— Beurk.

Kyle émit un bruit de vomissement.

— Donne-moi une bonne poursuite en voiture et une fusillade ou quelques zombies mangeurs de chair.

Patrick éclata de rire, un son joyeux qui réchauffa Kyle de l'intérieur.

Rayonnant, gorgé de bonne nourriture et d'alcool, et dégelé à l'intérieur comme à l'extérieur, Kyle se prélassait dans cette nouvelle connexion provisoire que Patrick et lui avaient finalement réussi à forger. Brian avait eu raison après tout ; un voyage était une bonne occasion de créer des liens. Il allait certainement être plus facile de s'entendre au travail après ça. Il n'y avait rien de tel que d'être bloqué par la neige pour rapprocher les gens.

— Tu veux boire un autre verre ? Ou on rentre ? demanda Patrick, leurs verres étant de nouveau vides.

Kyle réfléchit à la question.

— On rentre, je pense. Je n'ai pas hâte de sortir, alors j'aimerais en finir avec le froid glacial.

— Oui. Il fera froid à l'appartement aussi, parce que nous avons éteint le chauffage. Donc ce serait bien de rentrer et de réchauffer l'endroit avant d'aller au lit.

L'estomac de Kyle se retourna bizarrement à l'idée de partager un lit avec Patrick. Il avait réussi à mettre de côté le souvenir qu'il lui avait fait des avances un peu plus tôt, mais il refaisait surface maintenant, assombrissant sa bonne humeur avec une bouffée d'anxiété. Il se leva, enfila la polaire de Patrick et remonta la fermeture éclair. Elle était vieille et bien usée, et le tissu doux était comme un câlin, mais pas d'une manière réconfortante. L'odeur de Patrick et la façon dont la polaire était un peu trop grande pour lui – il l'imagina bien ajustée sur la large carcasse de Patrick – firent naître chez Kyle un sentiment de désir inconnu et effrayant. Il ne se languissait pas des gars qui n'étaient pas intéressés. Il passait à d'autres hommes qui l'appréciaient.

— Je vais pisser un coup avant de partir.

— OK, dit Patrick. Je vais attendre ici.

Kyle sortit son téléphone en se dirigeant vers les toilettes messieurs, se connectant au Wi-Fi du pub et ouvrant Grindr avant même d'arriver aux sanitaires. Il entra dans une cabine et s'assit pour uriner afin de pouvoir regarder ses messages.

Un de ses contacts réguliers, Hung top 80, qui portait bien son nom si les photos étaient les siennes, l'avait contacté pour lui demander où il était, parce qu'il n'avait pas été en ligne de la journée. Il demandait aussi des photos de Kyle et lui disait à quel point il était sexy, et qu'il avait hâte de le baiser. Ils n'avaient pas encore couché ensemble, mais le gars semblait enthousiaste. Peut-être que Kyle arrangerait quelque chose quand il rentrerait chez lui. Son ego se gonfla à cette attention, remplissant le vide laissé par le rejet de Patrick. Une fois qu'il eut fini de se soulager, Kyle prit une rapide photo de son postérieur avant de quitter la cabine et l'envoya à son admirateur.

Son téléphone sonna avec une réponse pendant qu'il se lavait les mains.

Superbe. Si sexy. J'espère que nous pourrons nous rencontrer bientôt.

Moi aussi :-), répondit Kyle avant de sortir pour rejoindre Patrick.

Il y eut une autre alerte de message juste quand il atteignit la table, et Patrick haussa les sourcils quand Kyle sortit à nouveau son téléphone.

— Tu me laisses tomber pour te trouver un coup d'un soir ? railla-t-il, sa voix contenant une pointe d'acidité.

— Non. C'est un mec de chez nous.

Kyle lut le message, qui disait juste « *Génial* ». Ne prenant pas la peine de répondre, il remit son téléphone dans sa poche. Le vin et sa confiance rechargée le rendaient audacieux.

— Pourquoi, tu as changé d'avis quant à ma proposition de tout à l'heure ?

Il ne s'attendait pas à ce que Patrick dise oui, mais le taquiner lui donnait l'impression de retrouver un certain équilibre dans leur relation.

Il y eut un silence pendant que Patrick le fixait, comme s'il y réfléchissait vraiment. Et Kyle ne put s'empêcher de ressentir une lueur d'espoir juste avant qu'elle ne s'éteigne quand Patrick dit :

— Non. Je pense que c'est mieux si nous restons platoniques.

Kyle haussa les épaules, sa fierté le piquant à nouveau, mais pas autant cette fois. Il y avait plein de gars qui le désiraient. Il n'avait pas besoin de l'attention de Patrick.

— C'est toi qui y perds. C'est vrai. Prêt à partir ?

Quand ils sortirent, la neige tombait toujours. Patrick fronça les sourcils.

— J'espère que ça ne va pas trop durer. C'était censé rester clair jusqu'à plus tard dans la journée de demain.

— Putain de neige.

Kyle donna un coup de pied à la nouvelle couche qui se déposait sur la neige tassée en dessous. Alors qu'ils marchaient, ses pieds étaient de plus en plus froids. Ses chaussures étaient encore humides de l'après-midi et ses chaussettes étaient bien trop fines pour ces conditions. Les orteils lui faisaient mal, alors il ralentit le pas.

— J'ai mal aux pieds. Je déteste ce satané temps.

Patrick ne répondit pas.

— Et oui, je sais que je devrais avoir des chaussures plus raisonnables. C'est ma faute, bla bla bla.

— Je n'ai rien dit.

Patrick lui jeta un coup d'œil par-dessus son épaule, puisqu'il avait continué à marcher quand Kyle avait ralenti.

— Tu n'en as pas besoin. Tu rayonnes de désapprobation.

Kyle savait qu'il était délibérément argumentatif, mais

il s'en fichait. Il avait froid, était fatigué et en avait marre. La perspective d'une nuit dans le même lit que Patrick le rendait anxieux, et il souhaitait pouvoir être transporté par magie dans son propre appartement.

— Mes oreilles sont gelées aussi. Je crois qu'elles vont tomber.

— Je suis sûr qu'elles survivront à la promenade de cinq minutes jusqu'à la maison, dit sèchement Patrick. Ce n'est pas si loin.

En regardant Patrick avancer à grands pas, d'une manière exaspérante, dans ses bottes de marche et sa veste, l'irritation s'insinua en Kyle comme des flammes léchant une bûche et la consumant. Sans prendre le temps de réfléchir à ce qu'il faisait, il se baissa et ramassa une double poignée de neige. Il la comprima en une boule, visa la nuque de Patrick et lança.

Ce fut un tir parfait, qui frappa le petit espace entre le haut de la veste de Patrick et le bas de son bonnet. La boule de neige explosa à l'impact en une pluie de flocons glacés.

Patrick glapit et se retourna.

— Putain, c'était pour quoi ça ?

— Pour avoir été un connard sarcastique.

— Ah. Ça descend dans mon dos, s'exclama Patrick en grattant frénétiquement le col de son manteau. C'est gelé !

Il faisait trop sombre pour voir clairement son expression, mais l'indignation dans sa voix fit rire Kyle.

— Je suis sûr que tu peux survivre jusqu'à notre retour. Ce n'est qu'un peu de neige.

Il passa devant Patrick, se cognant délibérément à son épaule, puis continua dans la rue.

— Petit con !

Kyle n'eut pas le temps de réagir que Patrick se jeta sur lui, l'attrapa par la taille et le fit s'écraser face contre terre dans la neige. En se tortillant, Kyle essaya de le repousser, mais Patrick était plus lourd et plus fort. L'adrénaline se déversa en lui, faisant frissonner son corps et accélérer son cœur. Il rit de nouveau, essoufflé par le poids de Patrick qui le maintenait au sol.

— Tu penses que c'est drôle que j'aie de la neige dans le dos ? Eh bien, voyons si tu vas apprécier de goûter à ta propre médecine.

Sur ce, Patrick plongea sa main dans l'arrière du jean de Kyle – il était tellement extensible – et enfonça une poignée de neige dans son caleçon.

— Oh ! cria Kyle quand elle entra en contact avec sa peau nue. Putain, ça fait mal. Lâche-moi, trou du cul.

S'éloignant de lui d'un seul coup, Patrick se leva en se brossant les mains.

— Bien fait pour toi. C'est toi qui as commencé.

— Maintenant, qui fait l'enfant ? ronchonna Kyle en se levant avec beaucoup moins de grâce que Patrick.

Son cul était brûlé par le froid, et il grimaça lorsqu'un morceau de neige fondante glissa le long de sa raie. Il passa la main à l'arrière de son pantalon pour en extraire ce qu'il pouvait, mais c'était trop peu, trop tard.

— Espèce de branleur. C'est comme si je m'étais fait dessus.

Ils se regardèrent fixement pendant un moment.

— Ouais, eh bien, mon T-shirt est trempé aussi. On peut faire une trêve et rentrer pour se sécher et se dégeler ?

— Je suppose, maugréa Kyle, qui aurait aimé répliquer.

La neige dans le pantalon était bien pire que la neige

dans le cou, et il n'avait pas délibérément essayé de la faire entrer dans les vêtements de Patrick. Mais il avait si froid et était si mal à l'aise qu'il semblait sage d'abandonner, surtout compte tenu de la taille et de la force supérieures de Patrick. Il allait attendre son heure.

La vengeance pouvait attendre.

SEPT

Patrick se sentait plutôt de bonne humeur quand ils rentrèrent à l'appartement. Satisfait de s'en être sorti le mieux dans leur altercation dans la neige, il se sentait même légèrement compatissant lorsque Kyle se plaignit de ses sous-vêtements mouillés et de ses pieds froids.

L'appartement ressemblait à une glacière, la chaleur de la cheminée à gaz avait disparu depuis longtemps.

— Je vais allumer le feu. Tu peux utiliser la salle de bain pour te changer.

— Pour mettre quoi ? grommela Kyle en lui lançant un regard noir. Tu as encore trempé mon jean, et je n'ai plus de sous-vêtements propres.

— Retourne un caleçon sale.

Patrick sourit lorsque Kyle leva les yeux au ciel.

— Dégueulasse.

Pendant que Kyle utilisait la salle de bain, Patrick alluma le feu et commença à trier le fouillis de vêtements qui débordait de sa valise. À l'hôtel, il avait dormi en caleçon et en T-shirt. Il n'avait pas emporté de bas de pyjama avec lui, donc ceux-là devraient faire l'affaire ici aussi.

Se rappelant qu'ils allaient partager le lit, le cœur de Patrick s'accéléra.

La journée avait été riche en rebondissements, mais après la maladresse de la proposition de Kyle, ils s'étaient repris et avaient été en bons termes pendant le dîner. Pour la première fois, Patrick s'était détendu en compagnie de Kyle et avait commencé à voir des aspects de lui qui lui plaisaient vraiment. C'était comme si la couche extérieure dure de Kyle s'était effacée pour un moment et qu'il avait laissé Patrick voir un côté plus doux et plus enjoué. Il commençait à se demander ce qui se cachait derrière cette façade fragile et défensive, et pourquoi elle existait en premier lieu. Il se demandait également s'il ne manquait pas quelque chose en n'acceptant pas l'offre sexuelle de Kyle. Kyle baisserait-il aussi sa garde dans cette situation ? Et à quoi cela ressemblerait-il s'il le faisait ?

Ces pensées furent brusquement interrompues par le son du téléphone de Kyle, qui avait reçu une notification Grindr. Ce fut le réveil qui lui rappela pourquoi s'engager avec Kyle était une mauvaise idée. Après presque un an de célibat, il n'était toujours pas prêt à sortir avec quelqu'un. Et quand il le serait, il voulait trouver un homme qui recherchait la même chose que lui : engagement, connexion et confiance. Kyle avait été très clair sur le fait qu'il ne cherchait qu'à s'amuser un peu.

Patrick se débarrassa de son manteau, puis enleva son pull et son T-shirt. Le dos de son T-shirt était trempé par la boule de neige que Kyle avait si parfaitement visée. Après l'avoir accroché au dossier d'une chaise, il était en train d'en mettre un sec quand Kyle sortit de la salle de bain. Habillé d'un caleçon rouge vif et de son T-shirt blanc, il portait son jean et la polaire de Patrick.

— C'est d'accord si je te l'emprunte un peu plus long-temps ? demanda-t-il en montrant la polaire.

— Bien sûr.

Kyle l'enfila et remonta la fermeture éclair. Elle pendait sur lui, trop grande sur ses épaules et presque assez longue pour couvrir son caleçon. Ça lui donnait un air inquiétant et mignon. Essayant de chasser cette pensée, Patrick alla dans la cuisine.

— J'ai envie d'une tasse de thé. Tu en veux une ?

— Oui, s'il te plaît.

Kyle alla s'asseoir sur le canapé et alluma la télévision. Il zappa pendant que Patrick préparait du thé pour eux deux.

— Tu prends du sucre ? demanda Patrick en montrant un paquet de sucre. Je n'en prends pas, mais j'en ai acheté au cas où.

— Non merci. Le thé sucré est infect.

Ils étaient d'accord sur quelque chose pour une fois.

— Absolument.

Patrick fronça le nez et reposa le paquet sur le comptoir.

— Carrément dégoûtant.

Il apporta les mugs et en tendit un à Kyle, puis posa l'autre sur le sol, du côté vide du canapé.

— Je vais faire pipi.

Patrick baissa sa fermeture éclair, et bien qu'il soit assez désespéré d'uriner, il trouva difficile de se détendre sans porte derrière lui. Le bruit de Kyle qui bougeait le décourageait aussi.

— Ces biscuits au chocolat et au gingembre ont l'air délicieux, dit Kyle.

Puis Patrick entendit à nouveau le bruit des chaînes qui changeaient à la télé. Rassuré que Kyle soit de retour devant l'écran, il put enfin se laisser aller à un flot béat.

En revenant, il trouva Kyle recroquevillé dans un coin du canapé, le regard fixé sur la télévision. Il ne réagit pas lorsque Patrick s'assit à l'autre bout du canapé. Étant donné qu'il s'agissait d'un canapé deux places, il n'y avait pas beaucoup d'espace entre eux, et Patrick se sentait mal à l'aise avec les jambes nues de Kyle, assez proches pour être touchées. Elles étaient minces et toniques, et parsemées de poils blonds qui scintillaient à la lumière.

Désireux de se distraire de la proximité de Kyle, il se pencha pour ramasser sa tasse de thé et en prendre une gorgée. Il le recracha instinctivement, pulvérisant le thé sur ses genoux.

— Beurk ! C'est quoi ce bordel ?

Se levant d'un bond, il se précipita vers l'évier et se rinça la bouche avec de l'eau pour se débarrasser du goût dégoûtant. Ce n'est qu'à ce moment-là qu'il se rendit compte que Kyle était écroulé de rire.

— Oh, mon Dieu ! C'était génial, réussit à hoqueter Kyle entre deux éclats de rire. Alors je suppose que tu n'aimes pas non plus le sel dans ton thé ?

— Espèce de branleur. C'était pour quoi ça ? maugréa Patrick, outré que quelqu'un puisse ruiner une tasse de thé parfaite en mettant du *sel* dedans.

— Pour la boule de neige dans le pantalon.

— Mais c'est toi qui as commencé avec la boule de neige dans le cou, ronchonna-t-il en s'essuyant la bouche avec le dos de sa main.

— Ce n'était pas délibéré. Je l'ai juste jetée sur toi. Je ne l'ai pas enfoncé dans tes vêtements.

— L'effet était le même.

— Peu importe. Dans le pantalon était définitivement pire que dans le cou. Donc, maintenant, on est quittes.

Assis sur le canapé, jambes croisées, en sous-vêtements et dans la polaire de Patrick, Kyle lui sourit, visiblement ravi de sa dernière farce.

— Mon Dieu, tu es un sale gosse parfois.

La colère de Patrick diminuait, mais ne disparaissait pas encore.

— Tu as besoin d'une bonne fessée.

Les mots sortirent avant qu'il ne réalise ce qu'il disait. Il rougit, prêt à s'excuser.

Mais le sourire de Kyle disparut comme un flocon de neige fondant sur la paume d'une main et ses yeux s'agrandirent. Une tension nouvelle et inquiétante crépita entre eux, remplissant la pièce de possibilités.

— Chiche !

Son expression était provocante et des points lumineux de couleur apparurent sur ses joues.

— Tu plaisantes, n'est-ce pas ?

Le cœur battant si fort qu'il en avait presque le vertige, Patrick fixa Kyle, essayant de deviner ses intentions.

La rougeur sur les joues de Kyle s'étendit.

— Non.

Patrick haussa les sourcils, une chaleur liquide l'inondant et s'accumulant dans son aine.

— Tu es sérieux ?

Les mots sortirent brutalement de sa gorge sèche.

Kyle hocha la tête, sa main se déplaçant vers son entrejambe.

— Tu aimes ça ? demanda Patrick, son regard errant jusqu'à l'endroit où Kyle serrait son sexe, visiblement dur, à travers son boxer.

— Je n'ai jamais essayé, mais l'idée me plaît. Tu veux essayer ?

Tous les instincts de Patrick lui criaient qu'il devait dire non. Il ne voulait pas coucher avec Kyle – enfin, d'une certaine manière, il le voulait, parce que sa hampe devenait de plus en plus rigide – mais il savait que sortir avec Kyle serait un mauvais choix de vie. La fessée mènerait presque inévitablement au sexe, mais l'idée de fesser Kyle était trop tentante pour résister.

— Je n'ai jamais essayé non plus. Mais... je crois que j'en ai envie.

Son érection se pressant contre l'avant de son jean, il était définitivement pour l'idée. Il avait regardé assez de porno de fessée pour savoir que ça l'excitait. Il n'était toujours pas sûr de pouvoir le faire lui-même, mais il n'y avait qu'une seule façon de le savoir.

— Vas-y, alors.

Kyle se redressa, attendant sur le canapé, inhabituelle-ment passif.

— Comment veux-tu faire ça ?

L'excitation de Kyle abandonnant le contrôle faisait battre le cœur de Patrick et lui donnait des frissons.

— Lève-toi.

Kyle se leva docilement. Ses bras pendaient librement

le long de son corps, mais il avait l'air d'un animal qui pourrait s'enfuir à tout moment.

— As-tu assez chaud pour enlever cette polaire ?

Le chauffage au gaz avait chassé le froid de la pièce. Rougissant d'excitation, il était difficile pour Patrick de juger de la chaleur exacte.

— Ouais.

Kyle la dézippa et la fit glisser de ses épaules, puis la jeta sur le bras du canapé.

Patrick le regarda, considérant ses options. La position sur ses genoux avait un certain attrait, mais il n'était pas sûr que ce soit confortable pour l'un ou l'autre. Alors qu'il hésitait, il sentit que le contrôle de la situation lui échappait ; il voulait le reprendre.

— Agenouille-toi sur le canapé, les bras sur le dossier.

Kyle se déplaça rapidement, bien plus disposé à suivre les instructions de Patrick dans cette situation qu'il ne l'avait jamais été au bureau.

— C'est parfait.

Patrick le regarda avec admiration. Kyle avait vraiment un cul magnifique, et cette position le mettait en valeur à la perfection. Agenouillé, la tête inclinée, les bras calés sur le dossier du canapé, ses fesses étaient au niveau de la taille de Patrick. Les muscles tendus s'incurvaient doucement, deux globes parfaits, tendus contre le tissu rouge extensible de son sous-vêtement. Le renflement de ses bourses était juste visible entre ses jambes. Le sexe de Patrick palpitait, et il baissa la main pour s'ajuster.

— Dépêche-toi !

Le ton de Kyle avait quelque chose de désespéré.

Patrick était lui aussi impatient de commencer, mais il n'allait pas laisser Kyle lui donner des ordres.

— Qui commande ici ? demanda-t-il sèchement.

Kyle prit une inspiration surprise, puis répondit calmement :

— Toi.

— Exactement.

Patrick se rapprocha et s'autorisa enfin à le toucher. Tendant une main, il passa légèrement sa paume sur les fesses de Kyle.

— Tu as déjà des problèmes et tu mérites une fessée. N'aggrave pas ton cas en étant effronté, gronda-t-il en gardant une voix sévère, jouant le rôle qu'il sentait que Kyle attendait de lui.

— Je suis désolé.

De sa voix normale, Patrick dit doucement :

— Si tu veux t'arrêter à n'importe quel moment, tu le dis... d'accord ?

Kyle jeta un coup d'œil par-dessus son épaule et ancra son regard dans celui de Patrick pendant un moment.

— OK.

Patrick accrocha ses pouces dans la ceinture du sous-vêtement de Kyle et le tira vers le bas. Les fesses de Kyle étaient pâles par rapport au reste de son corps, et globalement glabres et lisses. Avec ses genoux rapprochés, son anus était caché de façon alléchante. Kyle ne bougeait absolument pas, et la tension augmentait, tandis que Patrick prenait son temps, la paume de sa main picotant d'anticipation.

— Un si joli cul. C'est presque une honte de le frapper.

Il ne répondit que par un petit soupir d'amusement,

mais Patrick le prit comme un encouragement. Il bougea son bras rapidement, la paume de la main entrant en contact avec un craquement aigu qui lui piqua la paume.

Kyle sursauta et tressaillit.

— Ça va ?

Patrick attendit, le bras tendu, prêt à en faire plus.

— Ouais.

Le deuxième coup frappa sur l'autre fesse, un peu plus fort. Kyle l'accepta sans un bruit, alors Patrick en assena deux autres en succession rapide. Il fit une pause, regardant les marques rose vif qui fleurissaient sur la peau de Kyle. Leur vue fit souffrir son érection.

— Ça fait quatre. Je pense que tu en mérites au moins vingt pour ton comportement. Tu peux en supporter autant ?

— Oui.

Pas d'hésitation.

Patrick lui en donna six autres, alternant les fesses et essayant de varier un peu l'emplacement. Son but était de peindre le postérieur de Kyle en rose sur toute sa surface. La dernière, il la frappa en plein milieu de la raie de Kyle, qui gémit bruyamment.

— Tu en es à la moitié. Tu es sûr que tu peux en prendre plus ?

Étourdi par l'excitation, Patrick ne voulait pas s'arrêter, mais il le ferait sans hésiter si Kyle le lui demandait.

— Ouais. Je veux plus... Je sais que c'est censé être une punition, mais ça fait du bien. Ma bite est si dure.

Kyle avait le souffle coupé.

— Écarte les jambes, ordonna Patrick.

Kyle obtempéra, élargissant sa position. Son orifice était

rose et parfait, serré. Patrick passa une main entre les cuisses de Kyle, trouvant son membre – qui était effectivement très dur.

— Quel vilain garçon tu es.

Patrick le caressa légèrement, puis glissa sa main en arrière pour attraper les testicules de Kyle et les presser avant de les relâcher.

— Quel *petit... pervers.*

Il donna deux claques à Kyle pour souligner ses mots, puis continua, comptant dans sa tête jusqu'à dix-huit avant de s'arrêter.

— Plus que deux.

— S'il te plaît.

Kyle se repoussa vers lui, et Patrick lui donna ce qu'il voulait, un coup sur chaque fesse, avant de s'arrêter. Dans le silence soudain, Patrick pouvait sentir son cœur s'emballer, et sa paume douloureuse et sa verge gonflée palpitaient toutes deux au rythme de ce battement.

— Qu'est-ce que ça fait ?

— Bien. Douloureux. Mais bien.

Kyle ne bougea pas. Patrick posa une main douce sur son cul.

— Waouh, ta peau est si chaude. On dirait qu'elle est en feu.

Kyle émit un petit rire rauque.

— C'est toi qui le dis.

Patrick frotta doucement, essayant d'apaiser la douleur, et Kyle laissa échapper un son de plaisir.

— C'est agréable. C'est tellement sensible maintenant.

— Et maintenant ?

Patrick avait envie de le baiser, mais même si Kyle était

à genoux devant lui, le caleçon baissé, il n'était pas sûr que le sexe soit une option.

— Je pense que tu devrais l'embrasser, proposa Kyle en regardant par-dessus son épaule avec un sourire suggestif. Si tu veux ?

Patrick se mit à genoux sans hésiter.

— Excellente idée.

Il posa ses lèvres sur la peau de Kyle, sentant la chaleur qui s'en dégageait et respirant son parfum. Il alterna les baisers de fesse en fesse, se concentrant progressivement sur la raie de Kyle. Quand il atteignit le centre, il embrassa la peau derrière les testicules de Kyle, remontant lentement.

Kyle gémit.

— Patrick, s'il te plaît !

Entendant son nom sur les lèvres de Kyle, Patrick sourit et lui donna ce qu'il voulait, léchant délicatement son anus avec des coups de langue aguicheurs, tandis que Kyle haletait.

— Oh putain. Oui.

Le contrôle de soi mis à rude épreuve, Patrick continua. L'envie de sortir son érection, de se masturber, de la plonger dans le petit cul de Kyle et de le baiser jusqu'au milieu de la semaine prochaine était presque irrésistible. Pourtant, avec les sons que Kyle faisait, son odeur et son goût, c'était presque une sorte de satisfaction en soi après des semaines de désir. Avoir Kyle ici, à genoux, suppliant et gémissant, était plus que ce que Patrick aurait jamais pu imaginer. Il ne pouvait pas supporter de précipiter les choses, de les gâcher en demandant plus que ce que Kyle était prêt à donner.

Ce fut Kyle qui fit finalement avancer les choses en prononçant les mots que Patrick espérait si désespérément entendre.

— Tu veux bien me baiser ? demanda-t-il d'une voix tendue et désespérée.

— Hmmm, laisse-moi réfléchir, le taquina Patrick en remplaçant sa bouche par un doigt. Si je te laisse avoir ma queue, tu te comporteras mieux après ?

— Salaud, grogna Kyle en lui jetant un regard par-dessus son épaule, puis il siffla lorsque Patrick glissa son doigt plus profondément en lui. Mon Dieu, ça fait du bien.

Puis il ajouta :

— Peut-être ?

Patrick sourit, faisant entrer et sortir son doigt.

— Au moins, tu es honnête.

— Allez, Patrick. Baise-moi. Tu sais que tu en as envie. Ça fait des semaines que tu veux mon cul.

— Vrai.

Il n'y avait pas de raison de le nier maintenant.

— Il est à toi, pour ce soir au moins.

Patrick ignora la sonnerie d'alarme lointaine que ces mots provoquèrent. Il était trop excité pour se demander si c'était encore une bonne idée, l'envie de baiser, de réclamer, de jouir était trop forte.

— Tu as du lubrifiant et des préservatifs ?

Il avait été célibataire pendant si longtemps qu'il n'avait pas emporté de fournitures sexuelles avec lui, comme une évidence. Mais il pensait que Kyle serait du genre à être prêt à tout.

— Dans mon sac de linge dans la salle de bain. Tu veux que j'aille les chercher ?

— OK.

Patrick se leva, retira son doigt et donna une tape sur les fesses de Kyle.

— Je suis un peu trop habillé de toute façon.

Le chauffage continuait à pomper de l'air chaud, et il transpirait désormais.

Kyle retira son sous-vêtement d'un coup de pied et enleva son T-shirt. Les laissant tomber en un tas, il se tint, nu, devant Patrick et laissa son regard errer sur lui.

— Oui, tu l'es, mais il est facile d'y remédier. Déshabille-toi. Je reviens dans une seconde.

HUIT

Le corps entier de Kyle était illuminé par l'excitation. Chaque centimètre de sa peau était hypersensible, surtout sur son cul, là où Patrick l'avait fessé. Son érection, qui dépassait devant lui, frétillait à mesure qu'il marchait. Il se dépêcha, impatient de retrouver Patrick pour le prochain épisode.

Qu'est-ce que tu fais ? Il n'avait jamais laissé quelqu'un lui donner une fessée auparavant ; il ne lui était jamais venu à l'esprit qu'il pourrait apprécier une telle chose. Mais se plier à Patrick avait satisfait un instinct profond qu'il ne comprenait pas.

Ce n'était pas le moment de l'examiner. Patrick l'attendait, et Kyle avait besoin d'être baisé. C'était un terrain familier : l'envie d'une bite dans le cul, l'envie d'être baisé jusqu'à ce qu'il jouisse. Rien de tout *cela* n'était nouveau, et il se sentait en sécurité.

Préservatif et bouteille de lubrifiant en main, il sortit de la salle de bains pour voir Patrick assis nu sur le canapé. Il leva les yeux quand Kyle s'approcha, et son corps était aussi sexy que Kyle l'avait espéré. Large d'épaules et longiligne, il était étalé, une main enroulée autour de son sexe de taille généreuse. Des poils foncés saupoudraient sa poitrine et descendaient le long de son ventre en une ligne de plus en plus épaisse, qui s'élargissait au niveau de son aine.

Le regard de Patrick erra sur Kyle aussi, et la chaleur dans ses yeux le rassura sur le fait que Patrick aimait ce qu'il voyait.

Il s'arrêta devant Patrick, se tenant entre ses cuisses écartées. Il observa la main de Patrick qui se caressait, le prépuce glissant lentement d'avant en arrière pour révéler le gland rougeoyant. Instinctivement, Kyle s'agenouilla, ignorant le sol rugueux en béton, et se pencha en avant pour embrasser les bourses de Patrick.

Patrick glissa sa main libre dans les cheveux de Kyle, les caressant doucement.

— Tu me suces ?

Trop heureux d'obtempérer, Kyle se pencha et écarta les lèvres lorsque Patrick guida sa verge entre elles. Il avait un goût salé qui mit l'eau à la bouche de Kyle, qui l'aspira, faisant tournoyer sa langue pour capter toute la saveur. La prise dans ses cheveux se resserra et Patrick poussa un grognement de plaisir lorsque Kyle le prit profondément. Il le laissa le sucer pendant une minute ou deux, jusqu'à ce que sa respiration s'accélère et que ses hanches se soulèvent comme si elles étaient autonomes.

— Ça suffit. Lève-toi, ordonna-t-il doucement.

Kyle s'installa à califourchon sur les genoux de Patrick, croisant son regard pendant un long moment avant de prendre son visage dans ses mains, et ils s'embrassèrent pour la première fois. C'était bizarre de penser que Patrick lui avait prodigué un anulingus et que lui l'avait sucé avant qu'ils n'échangent un baiser. Kyle l'embrassa avec avidité, s'écrasant sur l'érection de Patrick, tandis que son amant empoignait ses fesses, les écartant pour pouvoir s'enfoncer dans sa raie. La sensation de sa longueur frottant sur son anus était presque insupportable ; Kyle était si désespéré de le sentir en lui.

Attrapant à l'aveuglette le préservatif et le lubrifiant qu'il avait posés sur le coussin du canapé, il réussit finalement à s'emparer du préservatif en premier. Il rompit le baiser et déchira l'emballage, reculant un peu pour pouvoir le dérouler sur Patrick. Puis il ouvrit le lubrifiant et en pressa un peu dans sa paume. Il en étala la plus grande partie sur la hampe de Patrick et utilisa le reste autour de son orifice avant de remonter sur les genoux de Patrick et de l'embrasser de nouveau. Puis, après avoir aligné le membre de Patrick, il s'abaissa, voulant voir son visage pendant qu'il le prenait, voulant que Patrick le voie.

Celui-ci le dévisagea, les yeux sombres et les joues rouges, tandis que Kyle s'empalait. Il y eut un bref moment de résistance, le sentiment habituel d'impossibilité, avant que son corps ne cède à la pression. Ils haletèrent tous les deux quand le gland le pénétra.

— Ça va ? demanda Patrick, les mains serrant les hanches de Kyle comme un étau.

— Ouais.

Patrick ne bougeait absolument pas, le laissant donner le rythme, tandis qu'il s'abaissait lentement, centimètre par centimètre, jusqu'à ce qu'il n'y ait plus rien à faire. Avec le regard de Patrick sur lui, il se sentait trop vulnérable, alors il ferma les yeux un moment, prit une inspiration tremblante et surmonta l'étirement douloureux en commençant à bouger lentement. L'inconfort se transforma en plaisir, et lorsque Patrick enroula une main autour de son sexe, le ramenant à sa dureté maximale, Kyle ouvrit les yeux et sourit.

— Mon Dieu, ça fait du bien.

— Ouais ?

— Mmm.

Kyle le chevaucha un peu plus rapidement, appréciant la pression exercée par Patrick, qui le baisait, le rencontrant au milieu chaque fois.

— C'est bon pour toi ?

— Incroyable, dit Patrick. Mais je ne vais pas tenir très longtemps, si tu continues à ce rythme.

— Je suis proche aussi, admit Kyle avant de ralentir un peu ; même s'il était désespéré de jouir, il ne voulait pas que ce soit fini trop tôt. Alors, tu as aimé me donner la fessée ?

Un souffle de rire.

— Ouais, c'était incroyablement chaud. Comment c'était pour toi ?

— Je n'avais jamais imaginé que j'aimerais ça. Mais...

— Mais tu as aimé ?

Patrick caressa son érection avec un contact léger et fit courir son autre main sur la fesse sensible de Kyle, le faisant haleter.

— Je pense que c'était évident, répondit-il à bout de souffle.

Avec les yeux de Patrick sur lui, il se sentait un peu gêné. Il était difficile pour lui d'admettre à quel point il avait aimé ça.

— C'est la douleur que tu as aimée ?

— Non. Ce n'est pas de ça qu'il s'agit. Pas pour moi en tout cas.

Il se contracta fort autour du sexe de son amant. Patrick gémit.

— Mon Dieu, Kyle... Mais alors de quoi s'agit-il ? demanda Patrick avec un petit froncement de sourcils, comme s'il essayait de résoudre une énigme.

Il était difficile de trouver les mots pour le décrire avec la distraction de la verge de Patrick dans son cul, mais il essaya de se concentrer et d'expliquer.

— J'ai aimé me sentir... vilain, être vulnérable comme ça, penché en avant, cul nu.

Il haleta quand Patrick commença à le prendre plus vite.

— Il y avait une pointe d'humiliation aussi, mais pas dans le mauvais sens, parce que c'était ludique. Je ne sais pas. C'est difficile à décrire.

Rien que d'y penser, ses bourses se rapprochèrent de l'orgasme. Il ondula des hanches pour que la longueur de Patrick frotte sa prostate à chaque glissement.

— Pourquoi as-tu aimé ça ?

— Comme tu le dis, c'est difficile à cerner, admit Patrick, essoufflé, la sueur perlant sur son front. Mais j'ai aimé que tu me fasses suffisamment confiance pour le faire, et voir à quel point tu étais excité était torride... En plus, ton cul était incroyable.

Patrick le masturba plus rapidement.

— Je pense que ça m'a fait me sentir possessif, comme si tu m'appartenais à ce moment-là.

Son regard était intense, et la prise de sa main ainsi que ses va-et-vient firent gémir Kyle.

— Tu vas me faire jouir.

Patrick sourit.

— Bien. C'est l'idée générale... J'y suis presque aussi.

Kyle s'abandonna finalement au plaisir qui montait ; ne se retenant plus, il chevaucha Patrick fort et vite.

— Frappe un peu plus fort, oui... comme ça. Oh *putain* !

Il jouit dans une ruée aveuglante, le sperme jaillissant entre eux sur la poitrine de Patrick et sur son poing.

— Putain, *oui*, gémit Patrick en poussant ses hanches plus rapidement, pénétrant Kyle comme s'il essayait de remonter à l'intérieur.

— Allez, marmonna Kyle. Je veux te sentir.

Le visage de Patrick se déforma, sa bouche se relâcha et ses yeux roulèrent dans leurs orbites pendant qu'il gémissait, et Kyle sentit les pulsations de sa jouissance. Le corps protestant et les muscles voulant abandonner, il se contracta fort autour de Patrick, imaginant qu'il était en train d'extraire les dernières gouttes de son sperme, jusqu'à ce que la tête de Patrick retombe sur le canapé et qu'il ouvre les yeux.

— Bon sang, je suis crevé.

— J'espère que ça en valait la peine.

Kyle essaya de garder sa voix légère, détestant la soudaine poussée d'insécurité qui l'inondait. Il se sentait toujours comme ça après avoir fait l'amour, mais il ne passait jamais la nuit avec quelqu'un après l'avoir baisé.

— Définitivement.

Patrick posa une main sur la nuque de Kyle et l'attira vers lui. Il l'embrassa une fois, doucement sur les lèvres.

— C'était incroyable.

Rassuré, Kyle lui sourit.

— Oui. C'est vrai. Et je suis crevé aussi. On peut dormir maintenant ?

— Oui.

IL NE LEUR fallut pas longtemps pour se préparer à aller au lit. Ils partagèrent la salle de bain, se relayant pour faire pipi et se brosser les dents. Kyle n'était pas sûr de ce qui avait changé, le cas échéant. L'intimité qu'ils avaient partagée semblait disparaître au fur et à mesure qu'ils s'habillaient, et il ne pouvait pas décider si c'était un soulagement ou une déception.

— C'est bon si on éteint le chauffage ? Je ne veux pas le laisser allumé toute la nuit, demanda Patrick.

— Bien sûr.

Kyle était déjà en train de monter l'échelle jusqu'au lit. Il faisait chaud là-haut en ce moment, mais les couvertures étaient fraîches quand il se glissa entre elles. Une lampe était fixée au mur au-dessus du lit, et Kyle l'alluma.

— Le côté où tu dors a une importance ?

— Non, répondit Patrick.

Kyle s'installa à côté du mur, laissant l'extérieur libre pour Patrick. Téléphone à la main, il s'allongea sur le côté, face vers le mur, attendant que Patrick s'étende à côté de lui. Il ouvrit Twitter avant de se rappeler qu'il n'y avait pas de signal. Au lieu de cela, il passa à l'application Kindle et commença à lire sans enthousiasme un roman policier qu'il avait commencé il y avait une semaine sans vraiment s'y intéresser.

Le grincement de l'échelle quand Patrick monta fit

bondir son cœur d'un cran. Restant dos à Patrick, il sentit le creux du matelas, puis une bouffée d'air frais lorsque Patrick souleva la couette et se glissa derrière lui. Il remua un moment avant de s'allonger avec un soupir.

— Ce lit est plutôt confortable.

— Ouais. C'est pas mal.

Tendu, Kyle se demanda s'il devait se retourner. Cela semblait étrange d'être allongé et de ne pas se toucher, étant donné ce qui s'était passé entre eux plus tôt, mais Patrick était monté après lui et il gardait ses mains pour lui.

Pourquoi ça t'intéresse ?

Normalement, Kyle était heureux de baiser et de passer à autre chose. Il passait rarement la nuit avec quelqu'un et, s'il le faisait, il n'aimait pas les câlins. Pourtant, d'une certaine manière, l'espace entre lui et Patrick ne lui convenait pas.

Patrick pensait peut-être qu'il ne voulait pas être touché. Le fait de lui tourner le dos ne lui donnait probablement pas l'air accessible. Après avoir verrouillé son téléphone, Kyle le glissa sous l'oreiller et se tourna sur le côté, face à Patrick. Il étudia le profil de Patrick, allongé sur le dos, les yeux fermés. Il avait l'air détendu, contrairement à lui, qui était tendu et déstabilisé.

— Tu vas bien ? demanda Kyle prudemment.

— Oui, très bien. Je suis juste fatigué et prêt à dormir. Et toi ? interrogea Patrick en ouvrant les yeux et en lui jetant un regard en biais.

Son expression était difficile à lire, et Kyle aurait aimé savoir ce qu'il pensait de ce qu'ils avaient fait, mais il avait peur de demander. Demain, ils rentreraient chez eux, et cet étrange petit interlude serait terminé. C'était probablement mieux qu'il essaie d'oublier tout ça.

— Dois-je éteindre la lumière ?

— Oui.

Patrick referma les yeux. Puis, lorsque Kyle éteignit la lampe, les plongeant dans l'obscurité, il ajouta :

— Bonne nuit.

— Bonne nuit, répondit Kyle en roulant loin de lui.

Bien que son corps soit épuisé et complètement rassasié, son esprit était en pleine confusion. Il essaya d'ignorer la boule de déception froide qui s'était logée dans sa poitrine. Malgré tous les discours de Patrick sur la connexion, il semblait parfaitement capable de séparer le sexe de l'émotion. Dès qu'ils avaient eu fini de baiser, ça avait été comme si un interrupteur s'était déclenché et que les barrières s'étaient remises en place entre eux. Si son cul ne souffrait pas toujours de la main de Patrick, il aurait pu croire qu'il avait rêvé tout ça.

Bon. Et si ça avait été la meilleure partie de jambes en l'air qu'il avait jamais eue ? C'était terminé. Il devait juste passer la nuit et une partie de la journée de demain, puis il n'aurait pas à voir Patrick avant la nouvelle année. Cela lui laisserait le temps de recalibrer son cerveau et de revenir à l'état où il voyait Patrick comme un con ennuyeux dont il n'avait rien à foutre.

IL DUT S'ENDORMIR, malgré ses doutes, car il se réveilla plus tard, totalement désorienté et ne sachant plus où il était. Ouvrant les yeux sur le noir complet et l'air glacial, il s'assit et se cogna la tête.

— Aïe.

Il leva la main pour toucher le plafond et, soudain, tout lui revint en mémoire. Il s'effondra sur le lit et remonta les couvertures, protégeant son corps du froid qui avait à nouveau envahi la pièce.

Le Lake District.

La neige.

La voiture.

Patrick.

La fessée.

Putain.

À côté de lui, Patrick se réveilla, fit un bruit de reniflement et se retourna. Il se blottit contre lui, pressant son visage contre l'épaule de Kyle.

— J'ai froid, marmonna-t-il.

— Ouais, chuchota Kyle en se détournant, faisant face au mur, dos à Patrick.

— Trop froid.

Patrick avait l'air à peine réveillé. Il passa un bras autour de la poitrine de Kyle et le serra contre lui, comme une petite cuillère, malgré lui.

— Viens là.

Ne voulant pas le réveiller et risquer une maladresse, il laissa Patrick le câliner. Au début, il était tendu, brûlant d'inconfort face à cette intimité non sollicitée, même s'il avait eu envie de ce contact plus tôt. Peu à peu, ses muscles se détendirent, et la chaleur réconfortante de Patrick enroulé autour de lui berça son cœur à un rythme régulier et ralentit sa respiration jusqu'à ce qu'il sombre dans un sommeil sans rêves.

NEUF

Samedi 24 décembre – veille de Noël

Où suis-je ?

Qui diable est au lit avec moi ?

Telles furent les pensées de Patrick au réveil, lorsque son cerveau se remit lentement et confusément en marche. Cela faisait si longtemps qu'il ne s'était pas réveillé avec un autre corps dans son lit. Pendant quelques secondes, son esprit s'échauffa, essayant de rassembler les pièces du puzzle.

Lorsque tout fut en place, son cœur s'emballa, battant rapidement alors que des images de la nuit précédente lui revenaient en mémoire.

Kyle penché sur le canapé pendant que Patrick lui donnait la fessée.

Patrick à genoux lui léchant le cul.

Kyle sur ses cuisses, le chevauchant jusqu'à ce qu'ils jouissent tous les deux.

Oh, Jésus Christ sur un vélo.

Patrick avait maintenant une érection, et elle était

pressée contre le cul de Kyle, le cul qui était au centre de ses souvenirs de la nuit précédente.

Mais à quoi avait-il pensé ? Il était tellement déterminé à ce que rien ne se passe entre eux, malgré son attirance pour Kyle et la proposition surprenante de ce dernier. Même après qu'ils s'étaient mieux entendus pendant le repas, il avait été sûr d'avoir pris la bonne décision en refusant. Il ne voulait pas d'une relation aléatoire, surtout pas une relation malencontreuse avec un collègue. Quand il serait prêt à se remettre à sortir, il chercherait quelqu'un qui voulait les mêmes choses que lui : engagement, connexion, confiance.

Cette pensée provoqua une douleur familière lorsqu'il se rappela inévitablement comment sa confiance en Matt avait été brisée. C'était moins intense, maintenant que presque un an s'était écoulé, mais l'écho de cette douleur était encore suffisant pour lui couper le souffle et le ramener à la fin du mois de janvier, lorsque son monde s'était effondré.

En découvrant un téléphone portable inconnu dans la poche de la veste de Matt, alors qu'il cherchait ses clés de voiture – que Matt oubliait toujours de remettre dans le bol de la cuisine – il avait d'abord pensé qu'il devait appartenir à quelqu'un d'autre. Mais pourquoi Matt aurait-il un téléphone qui n'était pas le sien ? Alors que Patrick réfléchissait à cette question, le téléphone s'était allumé avec une notification :

Grindr : nouveau message reçu.

Même à ce moment-là, Patrick n'avait pas voulu le croire. Avec des doigts tremblants, il avait appuyé sur le bouton Home et essayé le code de déverrouillage habituel de Matt – la date de leur anniversaire, qui était le code sur leurs deux téléphones. Cela n'avait pas fonctionné. Ensuite, il avait essayé la date d'anniversaire de Matt, toujours sans succès, puis la sienne.

Bingo.

Patrick repoussa les souvenirs, il ne voulait pas les revivre. Mais, au moins, cette idée avait complètement tué son érection. Avec précaution, il se détacha de Kyle et roula sur le dos. Il faisait encore nuit, on aurait pu être au milieu de la nuit, mais en vérifiant sa montre, il découvrit qu'il était un peu plus de huit heures. Immobile à côté de lui, la respiration de Kyle était lente et profonde, presque trop lente pour être crédible, alors Patrick soupçonna qu'il faisait semblant. À moins que Kyle n'ait un sommeil très profond, il aurait au moins remué au moindre mouvement de Patrick, non ?

C'était peut-être mieux ainsi. Malgré l'attirance indéniable qu'il éprouvait pour Kyle, Patrick n'avait aucune envie de reprendre là où ils s'étaient arrêtés hier soir, et il lui serait plus facile de rassembler ses pensées et d'avoir l'inévitable conversation du lendemain quand ils seraient habillés, avec un peu d'espace entre eux. Jouant le jeu, il s'extirpa prudemment de sous les couvertures – putain, il faisait froid – et rampa jusqu'à l'échelle.

Une fois qu'il avait atteint la sécurité du sol, il s'habilla rapidement de plusieurs couches, alluma le chauffage, mit la bouilloire en route, puis alla faire pipi.

Il n'y avait toujours pas de son émanant de Kyle, pendant que Patrick préparait une tasse de thé en utilisant la lumière de la torche de son téléphone. Peut-être s'était-il encore assoupi, même s'il était déjà réveillé.

Patrick se dirigea vers les rideaux et les ouvrit, espérant que la lumière inciterait Kyle à faire surface. Il avait hâte d'appeler l'assistance dépannage pour savoir quand ils pourraient les rejoindre aujourd'hui. Avec un peu de chance, ils pourraient être à la maison à l'heure du déjeuner et dormir dans des lits séparés ce soir – Dieu merci. Plus d'occasions de déraper et de laisser la tentation entacher son jugement.

— Oh putain !

Le cœur de Patrick s'effondra comme une pierre alors qu'il regardait par la fenêtre, horrifié.

Il faisait encore presque nuit dehors, mais il y avait juste assez de lumière pour qu'il puisse voir qu'une épaisse couche de neige était tombée pendant la nuit, effaçant complètement leurs traces de la veille. Des amoncellements de neige s'étaient accumulés contre le mur de pierre qui délimitait le jardin de Mme Wilcox, sur une épaisseur de près d'un mètre, et la neige continuait de tomber.

Sa forte exclamation de consternation soutira finalement une réaction à Kyle.

— Quoi, qu'est-ce qu'il y a ? s'écria-t-il, se redressant d'un coup, immédiatement alerte, et confirmant les soupçons de Patrick qu'il était réveillé depuis le début.

— Les sentiments de Mme Wilcox dans ses os étaient exacts, annonça Patrick d'un air sombre. Plus de neige. Beaucoup de neige.

— Merde.

Kyle était déjà en train de descendre l'échelle en marche arrière. Il se dépêcha de se mettre à côté de Patrick et de regarder le paysage hivernal.

— *Merde.* C'est beaucoup de neige. Tu crois qu'on va pouvoir rentrer à la maison aujourd'hui ?

Patrick pensait qu'ils n'avaient pas la moindre chance de s'en sortir, mais il estimait qu'il ne fallait pas paniquer avant d'avoir les faits.

— Qui sait ? Je vais partir à la recherche d'un signal et j'appellerai l'assistance.

Bien que malvenue, la neige était au moins une distraction et leur fournissait l'excuse parfaite pour éviter toute discussion sur ce qu'ils avaient fait la nuit précédente.

ENVELOPPÉ DANS TOUTES SES COUCHES, Patrick faisait les cent pas sur la route pendant qu'il patientait en ligne. Après près de quinze minutes, il put enfin joindre un opérateur masculin à l'air fatigué, qui confirma son opinion.

— Je suis désolé, monsieur. Mais il n'y a aucune chance que nous puissions dépanner un véhicule à l'endroit que vous avez indiqué aujourd'hui. Les routes secondaires sont impraticables pour le moment et vont probablement le rester pendant plusieurs jours.

— OK, merci. J'avais le sentiment que ce serait le cas.

— Y a-t-il autre chose que je puisse faire pour vous aujourd'hui ?

Patrick leva les yeux au ciel devant la question scriptée et se demanda ce que l'homme répondrait s'il lui demandait : « *J'ai baisé mon collègue hier soir et je vais maintenant être coincé avec lui pour Noël. Pouvez-vous me donner des conseils sur la façon de gérer ça ?* ».

— Pas vraiment, à moins que vous puissiez m'apprendre à me téléporter ?

— J'ai bien peur que ce ne soit pas mon domaine, répondit l'homme, une pointe d'humour glissée dans son ton.

— OK, merci quand même. Au revoir.

— Au revoir, monsieur... et joyeux Noël.

— Vous aussi, soupira Patrick en mettant fin à l'appel.

Quand il rentra à l'appartement, son visage dut révéler à Kyle tout ce qu'il devait savoir.

— Aucune chance ? demanda Kyle, alors que Patrick chassait la neige de ses bottes.

— Non.

Patrick ferma la porte derrière lui, heureux de retrouver la chaleur.

— Nous sommes coincés ici pour un moment encore.

— Conneries.

Ils se regardèrent fixement, la crise actuelle éclipsant temporairement les événements de la nuit dernière. Décidant de faire comme si rien ne s'était passé pour l'instant, Patrick lança d'un ton vif :

— Bien. Alors, que devons-nous faire ?

APRÈS AVOIR PRIS un petit déjeuner, la première tâche de la journée fut de parler à Mme Wilcox et de lui expliquer la situation. Ils attendirent jusqu'à neuf heures, ce qui semblait être une heure raisonnable, et quand ils frappèrent à sa porte, Dex poussa une volée d'aboiements.

— Silence ! Assis !

Les aboiements cessèrent et la porte s'ouvrit en grinçant.

— Oh. C'est vous.

Elle les toisa d'une manière pas particulièrement amicale et ne les invita pas à entrer.

— Bonjour, Mme Wilcox, la salua Patrick, tentant à nouveau de lui faire du charme. Je suis désolé de vous déranger, mais il semble que nous ne pourrons pas rentrer à la maison aujourd'hui. Nous espérions qu'il serait possible de louer l'appartement pour un peu plus longtemps ?

Ses rides se réarrangèrent en un sourire satisfait. C'était la première fois qu'il la voyait sourire.

— Je vous l'avais dit.

— En effet.

— Et oui, vous pouvez garder l'appartement plus long-temps. Je n'ai rien à perdre et l'argent sera bien utile. Vous avez tout ce dont vous avez besoin ?

— Je pense que oui.

— Bien.

Et avec ça, elle referma la porte sur eux.

— C'est une épouvantable vieille femme, tu ne trouves pas ? marmonna Kyle.

Patrick haussa les épaules.

— On s'en fout. Au moins, elle nous laisse rester.

LE PROCHAIN POINT à l'ordre du jour était une visite au magasin du village. Ils s'y rendirent directement après avoir vu Mme Wilcox, car ils étaient déjà habillés pour affronter les éléments. Bien sûr, les vêtements de Kyle étaient encore totalement inadéquats et il avait emprunté la polaire de Patrick. Il n'y avait rien à faire pour ses chaussures. Alors qu'ils marchaient sur le chemin de la maison de Mme Wilcox, Kyle glissa. Patrick essaya de le rattraper, mais il fut trop lent, et Kyle se retrouva sur le cul, dans la neige, pour la deuxième fois en deux jours.

Son visage se déforma de douleur.

— Aïe !

— Merde. Tu vas bien ?

Patrick lui tendit la main, l'aidant à se relever.

— Juste un peu sensible après la nuit dernière. Ça a fait beaucoup plus mal que d'habitude, répondit Kyle en lui jetant un regard significatif.

Patrick sentit une rougeur chaude inonder ses joues.

— Oh. Désolé.

— Pas besoin de t'excuser. C'était entièrement consensuel, et j'ai apprécié, assura Kyle en lui offrant un sourire méfiant.

Patrick lui sourit en retour.

— Ouais. Je me souviens.

Il fléchit sa main, se rappelant comment elle avait piqué la nuit dernière aussi.

— Ça m'a fait mal à la main aussi.

Le sourire de Kyle devint suggestif.

— Tu devrais peut-être utiliser autre chose que ta main la prochaine fois ?

Ils se regardèrent fixement pendant un long moment.

C'était le moment où Patrick aurait dû préciser que c'était un cas isolé et que ça ne pouvait pas se reproduire, mais les mots restèrent coincés dans sa gorge. Ils étaient bloqués ici ensemble pour quelques jours encore ; peut-être qu'il devrait prendre exemple sur Kyle et s'amuser sans prendre les choses trop au sérieux.

— Peut-être, murmura-t-il en essayant de garder sa voix décontractée. Viens. Allons à la boutique.

MIKE LES ACCUEILLIT avec un joyeux :

— Bonjour, messieurs. Cette neige a été une surprise, n'est-ce pas ?

— Et pas une bienvenue, dit Patrick.

— C'est la dernière chose dont nous avions besoin, grommela Kyle, la frustration rendant sa voix acérée. Parce que, maintenant, on est coincés ici pour Noël.

— Mais, au moins, nous avons un endroit où rester, ajouta rapidement Patrick. Ça pourrait être pire. Donc nous sommes venus acheter de la nourriture supplémentaire pour nous permettre de tenir quelques jours de plus.

— Allez-y, dit Mike en désignant les étagères. J'espère que vous trouverez de quoi tenir le coup.

— J'en suis sûr.

Patrick était content que la boutique ait une si belle sélection de friandises. Non pas qu'il aurait mangé de la dinde rôtie avec tous les accompagnements tout seul à la maison de toute façon, mais c'était toujours agréable de se faire plaisir à Noël, et il y avait beaucoup de choses festives à choisir ici.

Ils prirent chacun un panier à provisions et commencèrent à fouiller. Patrick remplit le sien de choses principalement salées : fromages, crackers, viandes en tranches et pâtés.

— Tu aimes ça ? demanda-t-il à Kyle, qui s'était dirigé

vers les gâteaux, les biscuits et les chocolats.

— Oui, tout a l'air bon. Je mangerai ce qu'il y a.

— Pas seulement des sucreries ? railla Patrick en regardant avec insistance le contenu du panier de Kyle.

— Normalement, je ne mange pas beaucoup de sucreries.

Kyle tapota son ventre plat, rappelant à Patrick à quel point il était mince sous ses vêtements. Il n'avait définitivement pas l'air de quelqu'un qui se laissait aller trop souvent, à moins d'avoir un métabolisme enviable.

— Mais vu que je vais manquer le repas de Noël de ma mère et la bûche au chocolat, je pense que je peux compenser.

— C'est juste, accepta Patrick en ajoutant un bocal d'olives marinées à son panier.

— Ça, je ne les mangerai pas, par contre, marmonna Kyle en fronçant le nez.

Patrick lui sourit.

— D'autant plus pour moi. Tu aimes les mince pies[1] ?

— Oui.

Patrick en prit une boîte, ainsi qu'un gâteau de Noël. Ils n'arriveraient jamais à manger tout ça à deux, mais ils pourraient partager les restes une fois de retour à la civilisation.

Kyle fit le tour de l'allée.

— Oh. Je crois que je ferais mieux d'acheter un de ces trucs.

— Qu'est-ce que c'est ? demanda Patrick par-dessus les étagères.

— Des bonnets.

Kyle se baissa, puis réapparut avec un bonnet en tricot

rayé rouge et noir avec un gros pompon dessus.

— Ce n'est pas vraiment mon style, mais c'est mieux que d'avoir les oreilles gelées.

— Ma femme les tricote pour une œuvre de charité, expliqua Mike de derrière le comptoir. L'argent va à un foyer local pour enfants.

Kyle lui adressa un vrai sourire.

— Génial ! Hé, Patrick. Viens m'aider à en choisir un.

Il finit par en choisir un rayé de gris et de deux nuances différentes de bleu. Celui-ci n'avait pas de pompon et était l'un des choix de mode les moins audacieux. Patrick trouva qu'il est plutôt mignon, mais Kyle n'était pas très enthousiaste.

— Ça fera l'affaire, et au moins, c'est pour une bonne cause, admit-il en le fourrant dans son panier. C'est dommage que vous ne vendiez pas de chaussures, Mike, parce que j'aurais vraiment besoin d'une paire qui résiste mieux à la neige que ces trucs stupides.

— Ah non, désolé, mon garçon. Mais quelle taille faites-vous ?

— Quarante-deux.

— Dans ce cas, je peux vous prêter une vieille paire de bottes de marche. Rien d'extraordinaire, mais elles garderont vos pieds au chaud et au sec.

Le visage de Kyle s'éclaira.

— Vraiment ? C'est incroyablement gentil de votre part. Merci.

Patrick aimait cette nouvelle version polie de Kyle. C'était une nette amélioration par rapport à son insolence habituelle.

— Pas de problème. Je vais aller vous les chercher.

Mike disparut par une porte derrière le comptoir.

— C'est gentil de sa part, dit Kyle. Nous laisser sans surveillance dans son magasin. On n'a pas ça à la maison.

— Je suppose que, dans un petit village, il n'a pas besoin de trop s'inquiéter.

Patrick tourna le dos à l'allée et tomba sur un étalage de décorations de Noël. Il pensa à Kyle, qui ne voyait pas sa famille.

— Oh, on devrait en acheter quelques-unes, pour égayer un peu l'appartement.

Kyle vint voir ce qu'il avait trouvé.

— Vraiment ? Dans quel but ?

— Tu ne crois pas que ce serait bien ? interrogea Patrick en récupérant un morceau de guirlande. Ça ferait plus esprit de Noël, si on le décorait.

— C'est toi qui allais passer Noël seul, alors ça t'intéresse vraiment ? C'est juste un gaspillage d'argent.

Le ton hargneux de la voix de Kyle était de retour. Patrick essaya d'ignorer la blessure qu'il avait causée.

— Merci de me le rappeler. Et ce n'est pas parce que je passais Noël seul que je ne veux pas le fêter.

Abattu, mais têtu, Patrick commença à jeter des décorations au hasard dans son panier.

Sentant peut-être qu'il avait touché un point sensible, Kyle lança :

— OK. C'est vrai.

— On devrait aussi s'offrir des cadeaux.

— Tu plaisantes ? s'exclama Kyle en haussant les sourcils. Sérieusement ?

— Oui.

Patrick avait déjà repéré quelque chose qui ferait un

cadeau parfait pour Kyle.

— OK. Ne regarde pas ce que je mets dans mon panier alors. Ça ne sert à rien si ce n'est pas une surprise. Combien devrions-nous dépenser l'un pour l'autre ?

— Un billet de dix ?

— Marché conclu.

Ils payèrent chacun leur panier séparément, se laissant un peu d'espace pour ne pas voir ce qu'ils ne devraient pas. Kyle régla en premier, tandis que Patrick était encore en train de regarder. Puis Kyle s'assit sur un escabeau pour enfiler les vieilles chaussures de marche usées que Mike lui avait prêtées, pendant que Patrick payait ses achats.

Alors que Mike aidait à mettre les affaires dans les sacs, Patrick lui demanda :

— Savez-vous ce que Mme Wilcox fait pour Noël ? Elle a mentionné un fils, mais elle semble vivre seule.

— Son fils et sa belle-fille vivent dans une ferme, à une quinzaine de kilomètres. Je pense qu'elle va normalement chez eux pour Noël, mais je suppose qu'elle ne pourra pas s'y rendre. Je vais aller la voir, vérifier si elle a besoin de quelque chose, expliqua Mike, l'air préoccupé. Elle a eu un peu de mal cette année. Elle a de l'arthrite maintenant et elle n'est plus aussi stable sur ses pieds qu'avant, donc elle aura du mal à sortir par ce temps.

— On peut le faire, n'est-ce pas, Patrick ? s'interposa Kyle, surprenant Patrick, qui n'avait pas réalisé qu'il prêtait attention à la conversation.

Patrick lui fit un sourire.

— Oui, bien sûr. Nous sommes là de toute façon. Si elle a besoin de quelque chose, on repassera plus tard avant que vous ne fermiez.

— C'est gentil de votre part.

— C'est le moins que l'on puisse faire puisqu'elle nous a aidés.

Patrick avait oublié son sac à dos, alors ils revinrent chargés de sacs. Kyle semblait trouver la marche beaucoup plus facile maintenant.

— Comment sont les bottes ? demanda Patrick.

— Elles sont super. Bien plus chaudes que les miennes et la stabilité est bien meilleure.

Lorsqu'ils atteignirent le cottage de Mme Wilcox, Kyle s'arrêta.

— Tu veux aller voir Mme Wilcox maintenant ?

— Oui. On dépose ça à l'appartement – Patrick leva les sacs qu'il tenait – puis on fait le tour.

Patrick avait été agréablement surpris que Kyle veuille aider Mme Wilcox. Ayant été impoli à son égard un peu plus tôt, il ne pensait pas que Kyle voudrait être impliqué dans une mission de bon samaritain, et il ne l'en aurait pas blâmé. Mme Wilcox était loin d'être amicale envers eux, et Patrick s'attendait à moitié à ce que son offre d'aide soit rejetée. Mais ça ne faisait pas de mal de demander.

Ils furent accueillis par les aboiements habituels, et le son de Mme Wilcox ramenant Dex sous contrôle.

— Encore vous.

Elle semblait un peu essoufflée, comme si se lever pour répondre à la porte avait été un effort. Elle resserra son châle autour de ses épaules en les regardant.

— Qu'est-ce que vous voulez ?

— Nous ne voulons pas nous imposer, dit Patrick aussi poliment qu'il le pouvait. Mais nous nous demandions si vous aviez de la compagnie à Noël ?

— Je ne vois pas en quoi ça vous regarde.

Sa bouche se pinça en une ligne désapprobatrice et sa main se resserra sur son bâton. Dex grogna, comme s'il sentait son humeur, mais elle le fit taire.

— C'est juste que si vous avez dû annuler des plans à cause de la neige et que vous étiez seule, eh bien je... nous – il jeta un regard en biais à Kyle, qui lui adressa un sourire nerveux – nous nous demandions si vous aviez besoin de quelque chose à la boutique.

Elle fixa ses yeux sombres sur Patrick, les plissant comme si elle cherchait une prise. Puis elle tourna son regard vers Kyle et lui réserva le même traitement. Finalement, son expression se détendit un peu, les rides se transformant en quelque chose de moins hostile.

— Je suppose que ça serait une aide bienvenue. Ça m'éviterait de risquer de me rompre le cou dans cette satanée neige. Je devais aller chez mon fils, mais il a appelé pour dire qu'il ne pouvait pas venir me chercher. Même sa Land Rover ne tiendra pas dans cette neige. Vous feriez mieux d'entrer une minute.

Elle s'écarta, les faisant entrer dans la chaleur relative du chalet – non pas qu'il fasse beaucoup plus chaud qu'à l'extérieur. Pas étonnant qu'elle porte beaucoup de couches.

— Je vais jeter un coup d'œil et voir ce dont j'ai besoin. Par ici.

Sa progression dans le couloir menant à la cuisine à l'arrière de la maison fut douloureusement lente. Le sol en dalles était irrégulier, et elle se traînait prudemment, Dex à ses côtés comme une ombre fidèle.

— Asseyez-vous, proposa-t-elle en faisant un geste vers

la table en bois massif avec son bâton. Mettez-vous à l'aise. Je vais regarder dans mon frigo et dans le garde-manger pour voir ce qu'il y a.

Patrick et Kyle s'assirent, pendant que Mme Wilcox allait vers un réfrigérateur d'apparence ancienne et ouvrait la porte pour regarder à l'intérieur.

— Je suis à court de lait. Il y a un bloc-notes et un stylo sur la table, vous pouvez m'écrire une liste.

— Je peux le faire sur mon téléphone, suggéra Kyle, et il le sortit de sa poche et commença à taper.

Mme Wilcox ronchonna.

— Vous, les jeunes, et votre technologie. Quel est le problème avec le papier et le crayon ?

— Rien, concéda Kyle. Mais je suis moins susceptible de perdre mon téléphone.

— Hmm.

Elle n'avait pas l'air convaincue.

Patrick étudia la cuisine, pendant que Mme Wilcox dictait à Kyle des choses à noter. Elle avait le même sol en dalles que le couloir, et les murs étaient blanchis à la chaux. Rien n'avait l'air d'avoir été modernisé en cinquante ans. Il y avait une vieille cuisinière à gaz avec une bouilloire posée dessus et des pots et des casseroles accrochés au mur au-dessus. Il n'y avait aucune trace de bouilloire électrique ou de grille-pain. Les seules concessions au confort moderne étaient le réfrigérateur – mais il était pratiquement antique – et une machine à laver tout aussi ancienne.

— C'est tout ? demanda Kyle, tandis que Patrick reportait son attention sur son échange avec Mme Wilcox.

— Je pense que oui. Pas la peine de me donner trop de mal, puisque je serai seule. Ma belle-fille aurait fait de la dinde et tout ça chez eux, mais je n'ai pas beaucoup d'appétit en ce moment. Des saucisses et de la purée me suffiront.

Elle les rejoignit à la table, prenant place sur une chaise avec un certain effort. Dex s'assit à côté d'elle et tourna son attention vers Patrick, se penchant vers lui pour renifler et donner un petit coup de queue, comme s'il reconnaissait enfin Patrick comme un ami plutôt qu'un ennemi.

— Je peux le caresser ? demanda Patrick.

— Oui. Il ne vous fera pas de mal. Il aboie beaucoup, mais ne mord pas. Il aime juste essayer de vous montrer qui est le patron.

— D'après ce que j'ai vu, c'est vous, plaisanta Patrick, et il tendit une main prudente et laissa Dex la renifler avant de frotter la fourrure du cou du chien et autour de ses oreilles.

Mme Wilcox gloussa, ravie.

— Oui, c'est assez vrai. Il sait où est sa place.

— Vous l'avez bien dressé.

— Je l'espère. J'avais l'habitude de dresser des chiens de berger, donc je m'y connais un peu.

— Waouh, vraiment ? C'est trop cool, s'exclama Kyle.

Patrick caresse un Dex visiblement ravi.

— C'est un beau garçon.

— Oui. Il l'est.

Le silence s'installa, et après quelques caresses de plus sur l'épaisse fourrure de Dex, Patrick se racla la gorge.

— Bon, nous ferions mieux de nous mettre en route. Nous reviendrons avec les courses un peu plus tard, peutêtre dans l'après-midi, si ça vous convient ?

— N'importe quand, je ne vais nulle part.

DIX

Kyle était impressionné par la prévenance de Patrick. Il ne lui était pas venu à l'esprit de s'interroger sur la situation de Mme Wilcox, et il s'en voulait maintenant. Elle était peut-être une vieille chauve-souris grincheuse, mais Kyle pouvait être un connard et il n'avait pas l'excuse d'être vieux et d'avoir de l'arthrite. Il était content que Patrick ait pensé à demander de ses nouvelles et qu'elle les laisse l'aider.

Après qu'ils avaient fini de déballer leurs courses dans l'appartement, Patrick demanda :

— Quand veux-tu sortir pour faire les courses de Mme Wilcox ?

— On peut y aller bientôt. Il faut que j'appelle ma mère pendant qu'on est dehors pour lui dire que je ne serai pas à la maison pour Noël.

Une bouffée de déception envahit Kyle à l'idée de manquer quelque chose. Il était proche de sa mère et de ses sœurs et était dégoûté de ne pas pouvoir être là pour le jour de Noël, qui était toujours amusant avec sa famille.

— Bien sûr. J'avais oublié qu'il n'y a pas de réseau ici. C'est bon si on prend une tasse de thé d'abord ?

— Bien sûr.

Kyle se souvint que Patrick n'avait personne à appeler. Il ne pouvait pas s'imaginer passer le jour de Noël seul. Bien sûr, cette année, Patrick aurait Kyle comme compagnie, qu'il le veuille ou non.

— Tu veux du thé ou du café ?

— Du thé, s'il te plaît.

Patrick se rendit dans le coin cuisine et lava la vaisselle du petit déjeuner en attendant que la bouilloire chauffe.

Assis sur le canapé avec la télévision allumée, Kyle l'observait subrepticement, fasciné par ses mains. À la lumière du jour, en se concentrant sur des choses banales comme les courses et le rangement, il était difficile de croire ce qu'ils avaient fait la nuit dernière. Il changea de position, la légère sensibilité de la peau de son postérieur lui confirmant que oui, il avait vraiment laissé Patrick lui donner une fessée... et le lécher... et le baiser. Kyle se déplaça à nouveau, cette fois parce que son sexe durcissait et qu'il avait besoin de l'ajuster.

Il était impossible de savoir ce que Patrick pensait de ce qu'ils avaient fait. Au début, ils l'avaient tous les deux ignoré. Mais Kyle n'avait pas pu s'empêcher de le rappeler à Patrick quand l'occasion s'était présentée. Il avait à moitié plaisanté en suggérant une prochaine fois, mais le « peut-être » de Patrick lui avait donné de l'espoir.

Patrick le rejoignit sur le canapé, un mug dans chaque main.

— Tiens, dit-il, en tendant un à Kyle. Du lait, sans sucre.

— Merci.

Kyle était sur le point de prendre une gorgée quand il s'arrêta et regarda Patrick avec méfiance.

— Et pas de sel non plus ?

Patrick gloussa.

— Non. Pas de sel.

— Promis ?

— Promis.

KYLE COPIA la liste des courses sur son téléphone et l'envoya par message à Patrick, puis il resta à l'extérieur du magasin pour appeler sa mère, pendant que Patrick entrait à l'intérieur pour commencer à rassembler ce dont ils avaient besoin.

— Salut, mon amour, dit joyeusement sa mère dès qu'elle décrocha. Comment vas-tu ? Tout est prêt pour demain ? Nous sommes impatients de te voir. J'avais un peu peur que la neige rende les choses difficiles, mais les routes ont été sablées, alors ça devrait aller. À quelle heure penses-tu arriver ?

Elle marqua finalement une pause, donnant à Kyle une chance de parler.

— Je suis désolé, Maman, mais je ne vais pas pouvoir venir. Je suis bloqué par la neige.

— Au milieu de Manchester ? s'exclama-t-elle, l'incrédulité colorant ses paroles.

— Non. Je suis dans la région des lacs.

— Que diable fais-tu là-bas ?

— Je me suis arrêté sur le chemin du retour d'un voyage d'affaires avec un collègue, et ensuite nous avons eu des problèmes de voiture... Bref, pour faire court, nous sommes coincés ici pour quelques jours au moins, et je ne pourrai pas rentrer pour Noël.

— Oh, Kyle, geignit-elle, l'air aussi déçue que lui. Il doit bien y avoir un moyen. Tu ne peux pas prendre un train ou autre chose ?

Kyle s'était posé la question, mais vu les routes par ici, il n'avait aucun moyen de se rendre à la station la plus proche. Un tracteur pourrait s'en sortir, mais pas un taxi.

— Aucune chance, j'en ai peur. Nous sommes dans un petit village au milieu de nulle part.

— Tu as un endroit où loger ? demanda-t-elle, d'une voix désormais préoccupée. Que vas-tu faire ?

— Oui, nous allons bien. Nous avons réussi à trouver une chambre.

— Comment est-il, ce type ? C'est celui dont tu m'as parlé ? Celui avec qui tu ne t'entends pas ?

— Ouais, mais c'est bon. Il n'est pas si mauvais.

Kyle sourit en pensant à la façon dont les choses avaient évolué.

— En fait, je commence à l'apprécier.

— Ah, c'est bien. Et pour la nourriture ? Avez-vous tout ce dont vous avez besoin ?

— Oui, Maman. Ne t'inquiète pas. Je suis dégoûté de ne pas pouvoir rentrer à la maison, cependant. J'avais vraiment hâte de vous voir, toi et les filles, et Noël ne sera pas le même sans ta dinde rôtie. Mais ça ira très bien, et je m'arrangerai pour venir te voir dès que possible.

— OK, mon amour. Prends soin de toi.

— Je le ferai. Oh, et, Maman ? Mon téléphone n'a pas de réseau là où je suis, mais j'essaierai de sortir pour t'appeler de nouveau demain pour te souhaiter un joyeux Noël.

— Oh, ce serait gentil.

— On se parle bientôt alors. Au revoir.

— Au revoir, mon chéri. Je t'aime.

— Je t'aime aussi.

Kyle prononça les derniers mots en poussant la porte du magasin. Il surprit Patrick, qui le regardait d'un air mélancolique avant d'esquisser un petit sourire.

— Tout est réglé ?

— Oui. Comment se passent les courses ? demanda Kyle en s'approchant pour regarder dans le panier.

— Presque finies.

Une fois qu'ils eurent trouvé tout ce qu'il y avait sur la liste, ils payèrent, souhaitèrent un joyeux Noël à Mike et se dirigèrent vers le cottage de Mme Wilcox. Dex aboya, comme toujours, mais une fois que Mme Wilcox les avait faits entrer, il les salua tous les deux en reniflant et en remuant la queue.

— Je pense qu'il a décidé que nous étions sans danger, dit Kyle avec un sourire.

— On dirait bien, gloussa Mme Wilcox. Venez dans la cuisine avec ces courses.

Elle les précéda en traînant les pieds, son bâton tapant sur les dalles.

Ils posèrent les sacs sur la table et aidèrent Mme Wilcox à les déballer. Kyle ne put s'empêcher de remarquer à quel point ses placards étaient vides – et poussiéreux – et que le frigo l'était aussi. Il était incroyablement heureux que Patrick ait pensé à vérifier qu'elle allait bien. Sans eux, elle aurait mangé du pain rassis et des haricots en boîte pour le dîner de Noël, à en juger par l'apparence des choses.

Elle se déplaçait lentement, semblant se débattre avec certains articles plus lourds, comme les boîtes de nourriture pour chiens, qu'elle sortit des sacs. Kyle voulait lui dire de s'asseoir et de les laisser faire, mais il savait instinctivement que cela ne serait pas bienvenu. C'était sa maison, et elle s'en sortait bien toute seule.

Une fois les courses rangées, elle a dit :

— Maintenant, vous deux, asseyez-vous pendant que je mets la bouilloire en route. Voulez-vous du thé ou du café ?

— Du thé serait parfait, merci, répondit Patrick.

— Oui, du thé pour moi aussi, s'il vous plaît.

Kyle s'assit à la table comme demandé, mais Patrick resta debout pendant que Mme Wilcox prenait la bouilloire et la portait jusqu'à l'évier pour la remplir.

— Je peux vous aider ? demanda Patrick.

— Non, répliqua Mme Wilcox d'une voix un peu aiguë. Vous avez déjà fait mes courses à ma place. Je peux me débrouiller pour vous faire une tasse de thé. Vous pouvez m'aider en restant hors de mon chemin.

— OK, désolé.

Réprimandé, Patrick rejoignit Kyle à la table. Celui-ci lui fit un sourire discret, mimant une tape sur les doigts. Patrick lui sourit en retour.

Pendant que la bouilloire chauffait sur la gazinière, Mme Wilcox sortit des tasses, des soucoupes, un pot de lait, un sucrier et des assiettes de service, et les disposa sur la table. Elle sortit quelques-uns des biscuits qu'ils avaient achetés pour elle – fourrés à la crème pâtissière – et les disposa soigneusement sur une grande assiette.

— Non, Dex. Va te coucher, dit-elle sévèrement, alors que Dex passait son nez par-dessus le bord de la table, reniflant avec espoir.

Dex s'éclipsa et s'allongea dans son panier dans le coin avec un soupir de dépit.

Kyle enleva la polaire qu'il avait empruntée à Patrick et la laissa pendre sur le dossier de sa chaise, puis le regretta immédiatement. Il faisait froid là-dedans. Pas étonnant que Mme Wilcox soit vêtue d'au moins deux cardigans et d'un châle épais. Il jeta un coup d'œil autour de lui et ne vit pas de radiateur ; cela voulait-il dire qu'elle n'avait pas de chauffage ? Frissonnant, il se recroquevilla dans sa polaire.

— Il fait très froid ! dit-il à Patrick, qui acquiesça, le visage plein d'inquiétude.

Une fois la bouilloire bouillante, Mme Wilcox remplit une théière et la rapporta pour la poser sur la table. Sa main trembla un peu lorsqu'elle la posa, mais elle y arriva.

— Voilà.

Elle les rejoignit enfin, agrippant fermement les bras de sa chaise en se baissant.

— Servez-vous en biscuits. Je vais laisser infuser un moment.

— C'est un joli service à thé, dit Kyle en retraçant le motif de l'assiette du bout du doigt. Ma mère en a un semblable, mais les roses sont bleues.

Celles de Mme Wilcox étaient roses.

— Je pense que ça appartenait à ma grand-mère, ou peut-être même à mon arrière-grand-mère.

Mme Wilcox le récompensa d'un sourire, les yeux pétillants.

— Merci. Celui-ci appartenait à mes parents. C'était un

cadeau de mariage, je crois. Quelques pièces ont été cassées au fil des ans, mais j'en ai encore la plupart.

Elle prit la théière d'une main noueuse et commença à verser, la main tremblant légèrement.

Une fois qu'elle leur avait donné les deux tasses de thé, elle versa la sienne et ajouta une cuillère de sucre. Kyle tourna la tête vers Patrick pendant qu'elle le faisait, et celui-ci lui lança un regard qui lui fit comprendre qu'il se souvenait de l'incident du sel de la nuit dernière. Kyle s'excusa d'un sourire, même s'il était difficile de regretter son mauvais comportement étant donné les conséquences plutôt agréables.

— Merci d'avoir fait mes courses, dit Mme Wilcox après avoir bu une gorgée de son thé. C'est vraiment très gentil de votre part. Normalement, je peux marcher jusqu'au magasin pour acheter quelques bricoles, mais la neige rend les choses difficiles.

— Ce n'était pas du tout un problème, assura Patrick.

— Vous êtes sûre qu'on ne peut rien faire d'autre pour vous aider ? demanda Kyle en récupérant sa tasse, la tenant soigneusement par la délicate anse.

Il y eut une longue pause. Mme Wilcox soupira, semblant perdre une bataille interne avant de dire :

— Cela m'aiderait beaucoup si vous pouviez couper du bois pour moi. J'en ai besoin pour le poêle à bois du salon. Mon fils fait normalement un gros tas pour moi quand il vient en visite et, bien sûr, il aurait dû venir me chercher aujourd'hui, donc je suis à court. C'est pour ça qu'il fait si froid ici aujourd'hui, parce que j'essayais de le conserver.

— Bien sûr, accepta immédiatement Kyle. Dites-nous juste où se trouve le bois et nous pourrons le faire.

Kyle n'avait pas la moindre idée de comment couper du bois, mais, avec un peu de chance, Patrick saurait.

— Finissez votre thé d'abord, et ensuite je vous montrerai où tout se trouve.

LE TAS de bûches de Mme Wilcox se trouvait dans un petit entrepôt construit à l'arrière de la maison. Sans fenêtre, il était éclairé par une ampoule nue, qui laissait apparaître d'épaisses toiles d'araignée qui pendaient du plafond. Kyle frissonna à l'idée des araignées qui devaient les habiter.

— Voilà.

Elle désigna avec son bâton les grosses bûches empilées proprement contre le mur latéral.

— Et voilà le bloc à découper, et la hache est accrochée ici. Puisque vous faites ça, je vais aller allumer le brûleur dans le salon maintenant, pour réchauffer un peu l'endroit.

Livré à lui-même, Kyle dit :

— Bon. Comment on fait ?

— Tu t'es porté volontaire pour couper du bois, mais tu ne sais pas le faire ? s'esclaffa Patrick en haussant un sourcil.

— Je savais que tu le saurais. Tu sembles avoir des tendances boy-scout. De toute façon, ça ne peut pas être si difficile.

Kyle écarta sa frange et ramassa une bûche. Elle était plus lourde qu'elle n'en avait l'air. Il tituba jusqu'au billot et la posa avec un bruit sourd.

— Passe-moi la hache.

Patrick la lui tendit sans mot dire. Kyle la souleva de ses

deux mains. *Merde*, c'était plus lourd qu'il n'y paraissait. Il se stabilisa, la souleva derrière lui et la balança.

Thud.

Sa première tentative manqua complètement la bûche, la lame de la hache s'enfonça dans le bloc de coupe.

— Ça aide, si tu l'alignes d'abord, avant de reculer. Tu dois aussi...

Thud.

La deuxième tentative de Kyle fit contact, mais cabossa à peine la bûche.

— Putain, mais de quoi est fait ce truc ? C'est dur comme de la pierre !

Ses poignets picotèrent sous le choc de l'impact.

— Comme je le disais. Il faut couper dans le sens du grain du bois.

L'amusement dans le ton de Patrick fit monter les nerfs de Kyle, tout comme sa voix.

— Comment j'étais censé le savoir ? Tu aurais pu le mentionner avant que je commence, grogna-t-il en jetant un regard furieux à Patrick, qui haussa les épaules.

— Tu ne m'en as pas laissé le temps.

— Ouais, c'est ça. Tu prenais juste plaisir à me regarder merder.

Kyle tourna la bûche sur son extrémité et essaya de nouveau.

Thwack. La bûche fut proprement coupée en deux, les moitiés tombant sur le sol en béton.

— Oui ! s'exclama Kyle avec un sourire triomphant.

Il ramassa une des moitiés et répéta le processus, et ainsi de suite jusqu'à ce qu'il ait quatre petites bûches au lieu de la géante avec laquelle il avait commencé.

— Voilà, j'ai pris le coup de main maintenant. C'est assez satisfaisant, n'est-ce pas ?

— C'est bon pour évacuer un peu d'agressivité, ce dont tu as visiblement besoin.

— Ouais, ouais. Je suis désolé d'avoir été cassant avec toi.

Kyle ramassa une autre bûche et la posa soigneusement sur le bloc.

Thwack. Un coup parfait.

— J'ai cru que j'allais avoir une autre excuse pour te donner une fessée pendant une minute, dit Patrick d'un ton léger, ce qui faillit faire tomber la hache sur l'orteil de Kyle.

Il se retourna, étudiant l'expression de Patrick pour essayer de voir s'il était sérieux.

— Tu veux me donner une autre fessée ?

— Peut-être. Me laisseras-tu faire ?

— Oui, dit Kyle sans hésiter.

La honte se glissa sous son col, mais il en avait trop envie pour le nier. Et il s'était déjà penché une fois pour Patrick, quel mal y aurait-il à répéter l'expérience ?

— Il faut que je t'énerve pour que ça arrive ?

Il fronça les sourcils. Ils s'entendaient mieux, et Kyle n'était pas sûr de vouloir retrouver leur ancienne animosité.

Patrick gloussa.

— Je suis sûr que tu peux réussir à me provoquer d'une manière ou d'une autre.

— Peut-être que je n'en ai pas envie.

— Il n'en faudra pas beaucoup, si je suis d'humeur... à être ennuyé.

La lueur dans les yeux de Patrick fit que la rougeur de

honte de Kyle se transforma en quelque chose de plus doux, chaud et prometteur plutôt que désagréable.

— Je m'en souviendrai.

Kyle reporta son attention sur le découpage, divisant de nouveau parfaitement le morceau suivant.

— Tu es d'accord pour continuer ? demanda Patrick.

— Pendant un certain temps. C'est très satisfaisant.

Kyle s'échauffait déjà sous l'effort de soulever et de balancer la hache. Patrick trouva un moyen de l'aider en transportant chaque nouvelle bûche pour lui, et ils prirent un rythme de travail commun. Ils formaient une bonne équipe.

Finalement, les bras et le dos de Kyle commencèrent à lui faire mal. Il s'arrêta, enleva la polaire de Patrick et s'épongea le front, qui était humide de sueur.

— Tu es prêt à faire une pause ? Je peux prendre le relais pour un moment, proposa Patrick.

— Ouais, accepta Kyle en lui tendant la hache. Et si j'allais chercher quelque chose pour mettre tout ça dedans ?

Il fit un geste vers le tas de bûches fendues à côté du bloc de coupe.

— Bonne idée.

Patrick aligna sa première bûche et la fendit de manière experte du premier coup.

KYLE RETOURNA dans le cottage à la recherche de Mme Wilcox. La cuisine était vide, sauf Dex, qui était couché dans son panier. Il leva la tête et remua la queue vers Kyle, qui s'accroupit et lui caressa les oreilles.

— Où est ta maîtresse, Dex ?

Dex dressa les oreilles et lui fit un sourire de chien. Avec un son grincheux, Dex reposa sa tête sur ses pattes.

— Ne t'inquiète pas. Je vais la trouver.

Dans le couloir, Kyle pouvait entendre de la musique jazz provenant de derrière une porte fermée. Il frappa.

— Entrez.

En ouvrant la porte, Kyle fut accueilli par une agréable bouffée de chaleur. Il trouva Mme Wilcox assise sur un rocking-chair, près d'un poêle à bois qui flambait. Elle tricotait, ses doigts bougeant toujours avec régularité, elle leva les yeux et lui offrit l'un de ses rares sourires.

— C'est charmant, et il fait chaud ici maintenant.

— C'est vrai.

Kyle s'approcha du brûleur, qui projetait de la chaleur dans la pièce par la porte ouverte sur le devant.

— Nous avons plus de bois prêt pour vous. Je peux utiliser quelque chose pour transporter les bûches ?

— Bien sûr, j'ai oublié de vous donner le panier. Il est là, près du feu.

Un panier vide se trouvait à côté de la cheminée. Grand, avec des poignées à chaque extrémité, il contiendrait suffisamment pour lui permettre de tenir quelques jours. Kyle s'accroupit et le ramassa.

— Je reviens dans une minute.

Il trouva Patrick toujours en train de travailler. Il s'était dévêtu, ne gardant qu'un mince T-shirt gris qui épousait les muscles puissants de son dos et de ses épaules. Kyle s'arrêta pour l'admirer un moment avant de lui faire savoir qu'il était là.

— Hé. J'ai un panier. Si tu veux t'arrêter une seconde, je le remplirai et le rapporterai à Mme W.

Patrick s'arrêta et s'épongea le front, pendant que Kyle empilait les bûches dans le panier. Ils avaient coupé plus de bois qu'il ne pouvait en porter en un seul voyage.

— C'est lourd. Tu peux probablement arrêter maintenant si tu veux.

— Non. Je vais continuer un peu. J'aime bien cet exercice, dit Patrick avant de reprendre la hache.

— OK. Eh bien, amuse-toi bien.

Kyle s'accroupit, puis grogna en soulevant le panier de bûches.

— Besoin d'un coup de main ?

— Non. Je peux me débrouiller.

Mme Wilcox était toujours dans son fauteuil lorsque Kyle revint, mais elle avait mis son tricot de côté et avait les yeux fermés. Pendant un moment, il crut qu'elle s'était assoupie, mais quand elle l'entendit entrer, elle ouvrit les yeux.

— J'adore celle-là.

Il la regarda d'un air absent.

— Cette chanson.

Il y avait une expression mélancolique sur son visage pendant qu'elle écoutait.

Kyle ne la reconnut pas. Ne voulant pas l'interrompre avant qu'elle ne soit terminée, il posa le panier en silence, prévoyant de s'éclipser. Mais la beauté de la mélodie et des paroles l'attira. C'était une chanson sur le manque de quelqu'un, qui utilisait les saisons comme une métaphore du temps qui passe. Debout près de la cheminée, il laissa la chanson se dérouler, le remplissant d'un sentiment douloureux de... pas exactement de tristesse, mais de la conscience de la fragilité de la vie.

Sur la cheminée, une collection de photographies enfonça le clou. Une vieille photo de mariage d'un jeune couple se regardant avec adoration, une photo noir et blanc délavée d'un bébé. Une photo de mariage plus récente, en couleur cette fois, et des photos de deux garçons à différents stades de croissance, que Kyle présuma être ses petits-enfants. Une photo de l'homme de la première photo de mariage, debout dans un champ avec des moutons derrière lui et un chien à ses côtés. Plus loin, le même homme, plus vieux et plus grisonnant, assis sur un canapé, avec, à ses côtés, quelqu'un qui ne pouvait être que Mme Wilcox. Leurs mains liées reposaient sur son genou, et ils souriaient à l'appareil photo.

Lorsque la chanson s'acheva, la pièce tomba dans le silence, à l'exception du crépitement des flammes, jusqu'à ce que Mme Wilcox dise doucement :

— C'était sa chanson préférée. « Feuilles d'automne. »

— À votre mari ?

— Oui, mon William. Alors l'automne me fait toujours penser à lui. D'ailleurs, je pense à lui toute l'année. Il est toujours là, murmura-t-elle en se tapotant la poitrine, puis le front. Et ici.

— Depuis combien de temps l'avez-vous perdu ?

— Presque trois ans. On dit que ça devient plus facile, mais je n'en suis pas sûre.

Elle renifla et reprit son tricot.

— En tout cas, au moins, on a eu beaucoup d'années ensemble. Un peu moins de soixante ans.

— C'est votre fils ? demanda Kyle en désignant l'homme sur la photo de mariage plus moderne.

— Oui, c'est John et sa femme Marianne. Et les petits sont mes petits-fils.

Le clic de ses aiguilles recommença.

— Ce sont des adultes maintenant. Et l'un d'eux a une femme et un bébé en route. Leurs photos sont là, sur la commode.

Elle les montra du doigt.

— Le temps passe si vite.

Kyle ne pouvait pas l'imaginer. À vingt-trois ans, il avait l'impression que sa vie venait à peine de commencer. L'idée d'un mariage de presque soixante ans lui était incompréhensible.

— Vous les auriez tous vus à Noël ?

— Oui. Ils sont arrivés chez John avant la neige, Dieu merci, donc ils sont tous en sécurité.

— Je suis désolé que vous soyez coincée ici. Vous devez être triste de ne pas pouvoir passer Noël avec votre famille.

— Eh bien, on ne peut rien y faire. Il ne sert à rien de pleurer sur le lait renversé, comme le disait ma mère. Mes deux petits-fils restent là-bas jusqu'à la fin de l'année, et je devrais pouvoir aller les voir dans quelques jours.

Elle avait l'air stoïque, mais Kyle se sentait quand même mal. La famille était manifestement importante pour elle. Il souhaitait qu'il y ait un moyen de l'emmener là-bas, mais même si sa voiture fonctionnait, il n'y avait aucune chance qu'il puisse passer à travers les congères.

Impulsivement, il proposa :

— Je sais que ce n'est pas du tout la même chose... mais si vous voulez de la compagnie le jour de Noël, Patrick et moi pourrions venir passer du temps avec vous.

— Passer du temps ensemble ? répéta-t-elle, l'air incertain.

— Oui. On pourrait préparer un repas ensemble, même si ce n'est pas un repas de Noël. Entre nous, nous avons beaucoup de bonne nourriture maintenant. Patrick a même acheté des décorations de Noël pour que ça ait l'air festif.

Excité à cette idée, Kyle continua.

— Nous pourrions prendre quelques verres, regarder un peu la télé ensemble. Ça pourrait être amusant. Qu'est-ce que vous en pensez ?

En plissant les yeux, Mme Wilcox l'étudia. Kyle soutint son regard. Elle ne l'intimidait plus. Il savait qu'il y avait un cœur doux sous son extérieur piquant.

— Je suppose que ce serait mieux que d'être seule.

Puis, avec une lueur dans les yeux, elle ajouta :

— Et si j'en ai assez de vous deux, je peux toujours vous renvoyer à la porcherie.

Kyle rigola.

— Oui, vous le pourrez. Alors, c'est un oui ?

Elle hocha la tête et se remit à son tricot.

— Oui.

ONZE

Patrick avait fini de couper et était occupé à empiler les petites bûches quand Kyle rentra dans la dépendance, le souffle coupé par l'excitation.

— Nous allons passer le jour de Noël ici, avec Mme Wilcox, annonça-t-il, puis son sourire se transforma en inquiétude. Désolé. Je suppose que j'aurais dû te demander d'abord si ça te convenait, mais je le lui ai déjà proposé, et elle a accepté. Elle parlait de son mari, qui est mort, et elle avait l'air si triste de ne pas voir sa famille, et c'est logique que nous nous réunissions pour un repas, puisque nous sommes coincés ici aussi, tu ne crois pas ?

Les mots s'enchaînèrent presque trop vite pour que Patrick puisse les suivre.

— C'est d'accord ?

Se redressant, Patrick se frotta le dos, qui était douloureux à cause de son effort. Il adressa à Kyle un sourire rassurant.

— Je trouve que c'est une excellente idée.

— Oh. Ouf, souffla Kyle avec un sourire. Et on peut utiliser les décorations de Noël ici ?

Plein d'enthousiasme, les yeux brillants et les joues rougies, il était comme un jeune homme différent de celui, froid et sarcastique, auquel Patrick était habitué au bureau.

Touché par la gentillesse de Kyle, Patrick ressentit un élan d'affection pour lui.

— Bien sûr.

— Génial. Je vais aller les chercher, et on pourra les installer.

LES DEUX HEURES suivantes furent rythmées par un tourbillon d'activités. Tous les trois commencèrent à décorer le cottage, se concentrant principalement sur la cuisine et le salon. Mme Wilcox s'était mise dans l'ambiance, mettant des chants de Noël pendant qu'elle drapait des guirlandes et installait des lumières féeriques.

Lorsque Mme Wilcox suggéra d'apporter de la verdure de l'extérieur, Patrick se porta volontaire pour aller en couper. Kyle resta à la maison pour aider Mme Wilcox à fabriquer des chaînes en papier avec de vieux magazines provenant de son sac de recyclage.

Patrick apprécia sa promenade. La neige avait cessé de tomber et le ciel était de nouveau dégagé. Froid et magnifique, le soleil faisait scintiller la neige comme si elle était saupoudrée de petits diamants. Ses pieds s'enfonçaient dans la couche supérieure et dans la neige profonde, produisant ce grincement satisfaisant à chaque pas.

Il passa devant le magasin et le pub et continua à suivre

la route, comme indiqué par Mme Wilcox. Elle tournait autour d'une vieille église en pierre. Les pierres tombales dans le cimetière étaient presque enterrées, car la neige s'était accumulée contre elles. Juste après l'église, un sentier menait à un petit bosquet, où Mme Wilcox lui avait assuré qu'il trouverait du houx avec des baies, ainsi que beaucoup de lierre.

Après avoir rempli un sac avec des gerbes de houx et des brins de lierre, il revint sur ses pas. Son estomac grondait, et lorsqu'il vérifia son téléphone, il vit qu'il était presque treize heures. Définitivement l'heure du déjeuner.

De retour au cottage, les autres avaient visiblement eu la même idée, car Patrick ouvrit la porte, frappé par l'odeur de quelque chose de savoureux. Il enleva ses bottes et se rendit à la cuisine, où Mme Wilcox remuait quelque chose sur la plaque de cuisson.

Kyle était debout sur une chaise, attachant une extrémité d'une chaîne en papier au coin où les murs rencontraient le plafond. Il baissa les yeux et sourit quand Patrick entra.

— Mission accomplie ?

— Oui.

Patrick montra son sac.

— J'ai trouvé plein de trucs pour décorer. Qu'est-ce qu'il y a de bon à manger ?

— De la soupe de tomate, répondit Mme Wilcox. Et il y a du pain et du beurre. J'espère que ça te convient ?

— Ça a l'air délicieux. Vous voulez du fromage aussi ? Nous en avons beaucoup, je peux aller en chercher.

Patrick était un mordu de fromage, alors il s'était laissé emporter quand il avait vu la sélection dans le magasin.

— Ce serait gentil, répondit Mme Wilcox. C'est

presque prêt, alors Kyle peut préparer la table pendant que tu vas chercher le fromage.

Lorsque Patrick revint, il les trouva tous deux assis à table, trois bols de soupe fumants, une miche de pain complet, un plateau de fromages et un couteau prêts à l'emploi.

— Voilà. Il y a du cheddar fort, du Wensleydale et du Stilton. Ce n'est pas Noël sans Stilton.

— Mon William aurait été d'accord avec toi, gloussa Mme Wilcox en mettant un peu de poivre dans sa soupe.

Kyle fronça le nez quand Patrick le déballa.

— Ça sent mauvais.

— Mais il a un goût divin. Tu n'aimes pas le Stilton ?

— Pas vraiment. Je le trouve toujours très amer.

— Mais as-tu déjà mangé du *bon* Stilton ? Celui des supermarchés est rarement très bon, mais celui-ci a l'air parfait.

Patrick coupa un morceau et le déposa dans son assiette, puis il en coupa un plus petit pour le goûter.

La saveur explosa sur sa langue.

— Mmm ! Vraiment divin. Oui, c'est le goût que le Stilton est censé avoir, ajouta-t-il quand sa bouche fut vide. Riche, crémeux, et juste ce qu'il faut de bleu.

Kyle en prit un peu et fit un essai.

— Hmm, ce n'est pas mauvais, en fait. Définitivement meilleur que ceux que j'ai goûtés avant.

Ils se turent un moment, se concentrant sur la nourriture plus que sur la conversation. Patrick finit de manger le premier et s'adossa à sa chaise, une main sur son estomac confortablement rempli. Il examina la cuisine. Avec les guirlandes, les chaînes de papier suspendues au plafond et les lumières drapées sur l'arc de ce qui était une vieille cheminée – et désormais un recoin où se trouvaient la cuisinière et le réfrigérateur – elle était jolie et festive. Le son d'une chorale chantant « O Little Town of Bethlehem » offrait une musique de fond parfaite pour la scène. Patrick fut envahi par une chaleur qui n'avait rien à voir avec la soupe qu'il avait dans le ventre. Kyle lui jeta un regard interrogateur.

— Tu vas bien ?

— Oui, assura-t-il. Oui. Je vais bien.

Il allait mieux que bien, il s'en rendit compte. Il était heureux.

Après presque un an de solitude, il avait oublié ce qu'était le bonheur. Après sa rupture avec Matt, la douleur et la souffrance initiales s'étaient estompées pour devenir une douleur sourde si constante que Patrick la remarquait à peine la plupart du temps. Il s'en était sorti en apparence, mais ses journées étaient vides et dénuées de sens, comme s'il subissait les gestes de la vie plutôt que de *vivre* réellement.

ILS RESTÈRENT avec Mme Wilcox quelques heures de plus, nettoyant après le déjeuner et finissant la décoration. Elle demanda à Patrick et Kyle de draper le houx et le lierre sur les cadres accrochés aux murs, et Kyle enroula aussi du lierre autour des balustrades.

— J'aurais aimé acheter plus de guirlandes lumineuses, dit-il. Elles auraient été très belles avec le lierre.

Lorsqu'ils eurent terminé, Mme Wilcox prépara un autre pot de thé, qu'ils prirent avec le reste des biscuits de la matinée. Ils élaborèrent un plan pour le jour de Noël, décidant de cuisiner pour le déjeuner et de passer l'après-midi ensemble.

Alors qu'ils étaient assis à la table de la cuisine, Dex se leva et s'assit près de la porte arrière. Il émit un petit gémissement et dressa les oreilles vers Mme Wilcox.

— Tu as besoin de sortir ?

Il répondit par un soupir et un mouvement de queue, comme s'il comprenait la question.

Mme Wilcox fit mine de se lever, mais Kyle la devança, sautant sur ses pieds et demandant :

— Dois-je le laisser sortir ?

— Oui, s'il te plaît. Il a probablement envie de faire ses besoins.

— L'un de nous devrait-il aller avec lui ? Va-t-il s'éloigner ? demanda Patrick.

— Non, il sait qu'il ne doit pas errer s'il est seul.

Dès que Kyle ouvrit la porte, Dex sortit en courant. En la fermant pour garder la cuisine au chaud, Kyle se dirigea vers la fenêtre.

— Oui, vous aviez raison. Il est en train de jaunir une partie de votre neige.

Elle gloussa.

— Pauvre garçon. Ce temps n'est pas drôle pour lui non plus, parce que je ne peux pas le sortir pour une promenade décente.

— Je pourrais le faire, proposa immédiatement Patrick. Je suis toujours heureux d'aller à l'extérieur.

— Je vais venir aussi, ajouta Kyle.

Patrick fut surpris.

— Tu es sûr ?

C'était la première fois qu'il voyait Kyle enthousiaste à l'idée de marcher.

— J'ai des bottes décentes maintenant. Ça ne me dérangerait pas d'explorer un peu et de prendre l'air.

— Tu n'as toujours pas un bon manteau, cependant.

Kyle haussa les épaules.

— Je vais me débrouiller avec ta polaire. Je n'aurai pas trop froid si on continue à marcher.

— Qu'est-ce que vous en pensez ? demanda Patrick à Mme Wilcox. Est-ce que Dex serait d'accord pour que deux inconnus l'emmènent en balade ?

— Vous n'êtes plus des étrangers pour lui maintenant. Il devrait vous suivre. Appelez-le et voyez s'il vient vers vous.

Patrick ouvrit la porte arrière, se sentant un peu gêné, et il appela.

— Dex.

Dex leva la tête pour regarder Patrick, mais il ne bougea pas.

— Dex. Ici, mon garçon.

Il tapota sa jambe. Puis plus brutalement.

— Dex !

L'ignorant, Dex se remit à renifler un buisson couvert de neige.

— Laisse-moi essayer.

Kyle posa une main sur l'épaule de Patrick et le dépassa pour se tenir dans l'embrasure de la porte.

— Dex... Viens ! appela-t-il d'une voix calme, mais ferme.

À la grande surprise de Patrick, Dex abandonna le buisson et courut directement vers Kyle, s'arrêtant à ses pieds et levant les yeux vers lui.

— Bon chien.

Kyle s'accroupit et caressa les oreilles du chien, qui haleta joyeusement.

— Bon chien.

— OK, alors tu viens définitivement à cette promenade, dit Patrick, sa fierté meurtrie par son manque apparent d'autorité. Tu es manifestement un homme qui murmure à l'oreille des chiens.

— On dirait bien, s'esclaffa Kyle en souriant. J'ai regardé un truc à la télé à ce sujet. Tu dois croire que tu es le patron, ils peuvent le sentir.

— Je me souviendrai de ce conseil pour plus tard, murmura Patrick de manière significative.

Il fallut une seconde ou deux pour que la compréhension se fasse. Quand ce fut le cas, les yeux de Kyle s'écarquillèrent et il rougit.

— Oui. Oui, tu devrais.

ILS PASSÈRENT devant l'église et entrèrent dans les bois, suivant les traces de Patrick. Dex se comportait parfaitement, marchant au pas pour Kyle pendant qu'ils étaient sur la route. Puis, dès que Kyle lui en donna la permission, il partit joyeusement devant eux, reniflant, suivant les odeurs et s'arrêtant de temps en temps pour lever la patte. Il ne s'éloignait pas trop, revenant en courant pour les voir de temps en temps avant de repartir.

Le chemin était difficile à suivre, obscurci par la neige profonde, mais les arbres qui bordaient leur passage les aidaient à se guider. Ils progressaient lentement, mais cela ne les dérangeait pas. Ils n'avaient pas de destination particulière en tête, et avec encore au moins deux heures de lumière du jour, rien ne les pressait. Finalement, ils atteignirent un échalier, qui menait à un champ avec un seul grand arbre au centre. L'herbe était entièrement recouverte de neige immaculée, et sous le couvert des arbres, elle était encore plus épaisse, arrivant jusqu'aux genoux de Patrick. Une partie de la neige s'infiltra dans le haut de ses bottes, rendant ses pieds humides à mesure qu'elle fondait. Kyle devait avoir le même problème, mais il ne se plaignait pas.

Patrick lui jeta un regard en coin, alors qu'ils se dirigeaient vers l'arbre. Les joues rougies par le froid, vêtu de la polaire de Patrick et des vieilles bottes de Mike, avec le bonnet de laine de la boutique rabattu sur ses oreilles, Kyle avait l'air d'une personne différente de celle qui avait glissé sur la colline de Langbeck hier matin. Les seules choses qui étaient les mêmes étaient son jean moulant, qui collait toujours à ses cuisses et à son cul d'une manière qui échauffait le sang de Patrick – encore plus maintenant qu'il l'avait vu nu.

— Quoi ? demanda Kyle en rencontrant le regard de Patrick.

— Je pensais juste que tu avais l'air différent.

Kyle s'examina et rit.

— Ouais. J'ai l'air affreux. Mais il faut bien ça quand on est bloqué par la neige, loin de ses choix habituels de garde-robe.

— Tu n'as pas l'air affreux, rétorqua Patrick, avant d'ajouter : je ne pense pas que tu pourrais avoir l'air affreux, même si tu essayais.

Kyle s'arrêta net sous l'arbre.

— Sérieusement ?

Patrick s'arrêta aussi, se retournant pour lui faire face.

— Oh, allez. Tu sais exactement à quel point tu es sexy. Tu m'as déjà dit que tu avais remarqué que je te mate depuis que je t'ai rencontré, je ne peux pas être le seul admirateur que tu aies jamais eu.

— Non. Je suppose que non. Mais tu es le seul à m'avoir vu habillé comme ça.

Il y avait quelque chose d'étrangement vulnérable chez lui lorsqu'il fixa Patrick, les couches de bravade disparaissant pour révéler un noyau d'insécurité dont Patrick n'aurait jamais soupçonné l'existence. Kyle avait toujours semblé avoir une confiance aveugle en son charme, au point de faire sentir à Patrick qu'il n'était pas à la hauteur, alors qu'en temps normal, il était plutôt satisfait de son apparence.

— Je t'ai aussi vu nu, Kyle, fit remarquer Patrick en faisant un pas de plus. Avec ça en tête, tu pourrais porter un sac poubelle que je te trouverais toujours magnifique.

Cela lui valut un sourire.

— Ouais. Eh bien, tu n'es pas si mal non plus.

Face à face, assez près pour se toucher, Patrick était conscient de chaque battement de son cœur. Kyle se lécha les lèvres, et Patrick se concentra sur leur teinte rose, atténuée par le froid, mais légèrement entrouvertes et ô combien tentantes. Si Patrick l'embrassait maintenant, cela signifierait quelque chose. Il ne savait pas exactement quoi, mais ils n'étaient pas sur le point de sortir ensemble, pas au milieu d'un bois enneigé. Il n'y avait donc aucune excuse pour des baisers au hasard. Il valait mieux attendre, voir ce qui se passait entre eux ce soir et garder les choses décontractées et axées sur le sexe.

Peut-être que Kyle sentit que Patrick était sur le point de s'enfuir, parce qu'il l'attrapa par le poignet et dit :

— Regarde en haut.

Patrick leva les yeux et vit des branches nues qui s'étendaient et se tendaient vers le ciel bleu clair de l'hiver. Des grappes sphériques sombres y étaient suspendues, comme d'étranges babioles.

— Est-ce que c'est... ?

— Oui. Du gui, répondit Kyle en haussant les sourcils, comme pour le défier.

Patrick avait voulu une excuse, l'univers lui en avait donné une. Comblant l'écart entre eux, il entoura la joue de Kyle d'une main gantée et s'arrêta une seconde, lui offrant une chance de s'éloigner si ce n'était pas ce qu'il voulait. Mais Kyle n'alla nulle part.

Leurs lèvres se rencontrèrent, froides et sèches. C'était timide, doux, et un peu gênant quand leurs nez se heurtèrent. Kyle laissa échapper un rire tranquille, son souffle formant un nuage dans l'air glacé. Puis il pencha la tête, saisit l'écharpe de Patrick à deux mains et le tira plus près, approfondissant le baiser pour que Patrick puisse sentir la chaleur lisse de sa bouche d'une manière qui lui rappela les sensations qu'elle lui avait apportées autour de son sexe la nuit dernière.

Un aboiement aigu les fit s'écarter, et ils virent Dex assis à côté d'eux, la tête penchée sur le côté, comme s'il se demandait ce qu'ils pouvaient bien faire.

Patrick rigola.

— Désolé, Dex, on t'a ignoré ?

Il tendit une main, et Dex vint vers lui, léchant le gant de Patrick et remuant la queue.

Kyle s'accroupit pour le caresser en jetant un coup d'œil à Patrick. Ses joues et ses lèvres étaient roses, et Patrick ne voulait rien d'autre que le pousser dans la neige et l'embrasser de nouveau. Mais le soleil descendait rapidement vers l'horizon, et il allait bientôt faire nuit.

Il se redressa.

— On rentre ?

Kyle hocha la tête.

— OK. Allez, Dex. C'est l'heure de rentrer à la maison.

Ils repartirent sur le chemin tracé par leurs pas, Dex trottinant à côté de Kyle. Lorsque Patrick jeta un coup d'œil à Kyle à côté de lui, il eut envie de lui prendre la main, mais il résista. Il pouvait reprocher au gui les baisers malencontreux, mais lui tenir la main était un pas de trop. Quelle que soit la folie de l'hiver qui l'avait saisi, il devait faire de son mieux pour y résister. Cette histoire avec Kyle allait certainement se terminer dès leur retour à la maison, et il ne pouvait pas se permettre de développer des sentiments non désirés pour quelqu'un qui ne cherchait que du sexe. Son cœur venait à peine de se remettre de la trahison de Matt. Il n'était pas prêt à prendre un nouveau risque.

DOUZE

— C'est bon si je prends une douche ?

Kyle débordait d'énergie, malgré une journée bien remplie et beaucoup d'exercice. Même le fait de dîner et de boire quelques verres de vin ne l'avait pas rendu plus détendu. Repu de sandwichs au jambon et à la moutarde et de mince pies, il aurait normalement dû être assez endormi. Au lieu de cela, il était habité par une tension sexuelle, il avait envie de commencer quelque chose, mais il voulait encore plus que Patrick en soit l'instigateur.

Après le baiser qu'ils avaient partagé plus tôt, il avait été déstabilisé. Inattendu et doux, ce baiser avait changé les choses pour lui. Avant cela, il était tellement sûr que son seul intérêt pour Patrick était sexuel. Mais maintenant, il ressentait pour Patrick une attirance qui avait quelque chose de plus, quelque chose d'excitant et d'effrayant à la fois. Il ne voulait pas se demander ce que cela signifiait, alors il était plus facile de se concentrer sur la partie sexuelle.

Désirer Patrick comme ça était bien moins compliqué.

Le soir venu, il avait réussi à se convaincre que tout ce qui comptait était son attirance croissante pour Patrick et la folle alchimie sexuelle entre eux.

Patrick leva les yeux des mots croisés du journal, qu'il faisait depuis une heure.

— Bien sûr.

Il reporta son attention sur le jeu de mots, fronçant les sourcils et notant quelque chose dans la marge du journal. C'était comme si la nuit dernière, ou le baiser de l'après-midi n'avaient jamais eu lieu.

A-t-il changé d'avis ?

Brûlant de frustration, Kyle mit la douche en marche pour se réchauffer et retourna dans la pièce principale. Il se déshabilla lentement et délibérément, tournant le dos à Patrick et espérant qu'il regardait. Mais quand il se retourna, Patrick était concentré sur ses foutus mots croisés.

— Je croyais que tu aimais que je sois nu, grogna Kyle, cédant finalement à son irritation.

— C'est le cas, répondit Patrick, sans toutefois lever les yeux.

— J'aurais pu me tromper.

En soufflant, Kyle tourna les talons et se dirigea vers la salle de bain.

— Je vais juste me branler sous la douche alors.

— Oh non, tu ne le feras pas.

La voix sévère de Patrick le figea, la main sur le cadre de la porte vide.

Il regarda par-dessus son épaule.

— Non ?

— Non. Tu peux laver ta queue, mais ne joue pas avec. Seuls les vilains garçons se masturbent.

Il y avait un soupçon d'espièglerie dans sa voix, même si Patrick essayait toujours de paraître sérieux.

Un frisson d'excitation parcourut Kyle. C'était un peu plus que ça.

— Que se passera-t-il si je ne peux pas m'en empêcher ?

— Tu sais ce qui arrive aux vilains garçons, Kyle.

Les lèvres de Patrick tressaillirent. Il semblait avoir un peu de mal à garder son sérieux.

Kyle s'en fichait. Son sexe répondait déjà aux tentatives de discipline de Patrick.

— Bon, d'accord. Mais je pense que ça va être *dur* de résister, dit-il en entrant dans la salle de bain.

La réponse de Patrick vint avec un petit rire.

— C'est ce que j'espère.

Dans la douche, Kyle lava le reste de son corps rapidement, puis il se concentra sur sa verge. À moitié dur, il était sensible, et la caresse savonneuse de sa main lui fit du bien. Appréciant le jeu que Patrick avait initié, il prodigua à sa hampe un lavage très complet, la pressant et la frottant jusqu'à ce qu'elle soit en érection.

Lorsque Patrick entra, Kyle fit semblant d'être choqué et se détourna rapidement pour que Patrick ait une vue sur son cul.

— Qu'est-ce que tu fais ? demanda Patrick. Tu ferais mieux de ne pas jouer avec ta queue.

Le sexe de Kyle palpitait, et il lui donna une autre caresse.

— Je ne le fais pas. Je me lave, c'est tout.

— Je ne te crois pas. Montre-moi.

Appréciant les picotements de honte et de culpabilité

qui faisaient partie du rôle qu'il jouait, Kyle se tourna lentement, essayant de cacher son érection avec ses mains.

— Montre-moi.

L'ordre dans la voix de Patrick le fit frissonner. Il laissa tomber ses mains sur le côté et son érection apparut, dure et évidente, pointant droit sur Patrick.

— Un simple lavage, tu dis ?

Un haussement de sourcils incrédule.

— Oui, affirma Kyle. Je n'ai pas pu m'empêcher de bander. Je suis désolé. C'était trop bon.

Il injecta de la contrition dans son ton en rencontrant le regard de Patrick d'un air penaud.

— T'es-tu lavé plus longtemps que nécessaire ?

— Peut-être un peu.

— Parce que ça te plaisait ?

— Oui. C'était si bon.

En baissant les yeux sur l'aine de Patrick, il fut heureux de voir la bosse qui s'y trouvait.

— Tu sais ce que ça veut dire, Kyle ?

— Oui.

— Bien. Arrête la douche et va te sécher, ordonna Patrick en s'effaçant pour que Kyle puisse sortir.

Il croisa les bras et le regarda obéir. Le cœur battant la chamade, Kyle se sécha. Son sexe était encore dur, même s'il résistait à l'envie de faire plus qu'un frottement superficiel. Quand il eut fini, il se tint devant Patrick.

— Où veux-tu que j'aille ?

— Viens avec moi.

Patrick se détourna, Kyle le suivit dans la pièce principale. Le chauffage était allumé et il y faisait plus chaud que dans la salle de bain. Patrick s'assit sur le canapé et tapota ses cuisses.

— Sur mes genoux.

Kyle hésita une fraction de seconde, incertain.

— Maintenant !

Galvanisé par le mouvement, Kyle s'installa un peu maladroitement. Patrick s'étant penché en arrière, il put s'allonger en travers de ses cuisses. Mais comme le canapé était assez petit, il dut plier les genoux, et même alors, sa tête et ses épaules étaient toujours écrasées contre l'autre bras du canapé.

— Attends, laisse-moi... murmura Patrick en utilisant sa voix normale, se déplaçant légèrement sur le côté pour que Kyle puisse replier encore plus ses jambes, mais c'était plus confortable pour son cou.

En posant une main sur le bas du dos de Kyle, il demanda :

— Ça va ?

— Oui.

La voix de Kyle était étouffée par la pression de son visage sur le coussin du canapé.

— Bien.

Le Patrick sévère était de retour.

— Tu as été un vilain garçon, Kyle. Tu comprends pourquoi ?

— Oui.

— Dis-moi. Je veux être sûr que tu le sais.

Les joues de Kyle s'empourprèrent.

— Je me suis masturbé. Après que tu m'as dit de ne pas le faire.

— C'est ça. Alors, maintenant, je dois te donner une fessée. Tu es prêt ?

— Oui.

Kyle essaya de ne pas paraître trop enthousiaste, mais il semblait avoir échoué. Son corps brûlait d'envie, sa peau picotait et était prête. L'air frais effleurait ses bourses et sa raie, où son cul était en l'air, exposé.

La première fessée vint sans avertissement, prenant Kyle par surprise et le faisant haleter avec la piqûre.

— Ça va ? demanda Patrick d'une voix douce. C'est assez dur ? Trop dur ?

— C'est parfait. Encore.

Patrick s'exécuta et lui donna la fessée si vite que Kyle perdit le compte. Les coups tombaient sur les deux fesses, et Patrick les distribuait de façon à ce que chaque centimètre de la peau du cul de Kyle soit brûlant.

— C'est toujours bon ? demanda-t-il, sans faire de pause cette fois.

— Ouais, réussit à hoqueter Kyle.

Ralentissant mais ne s'arrêtant pas, Patrick se calma. Les gifles furent plus légères, mais la peau de Kyle était si sensible que le changement ne faisait guère de différence. Vifs et brillants, le plaisir et la douleur se mêlaient sur le fil du rasoir.

— Tu es un très mauvais garçon, dit Patrick, cessant finalement de le fesser, caressant sa peau avec sa paume.

C'était comme du papier de verre, dur là où les terminaisons nerveuses de Kyle étaient enflammées.

— Même quand on te donne une fessée, ta queue reste dure. Je peux la sentir pousser contre moi.

Il faufila une main entre eux et saisit l'érection de Kyle dans son poing.

Kyle haleta, coincé entre la délicieuse douleur de son cul et la douce pression de la main de Patrick.

— Tu es mouillé aussi. Tu laisses couler ton liquide séminal sur mon pantalon. Si sale.

La honte chaude coula sur Kyle comme du miel.

— Je suis désolé.

Il n'était pas désolé du tout. Il aimait chaque minute de ce moment et il était évident que Patrick l'aimait aussi. Kyle pouvait le voir à la façon dont ses doigts plongeaient dans sa raie.

— Quelle petite salope, sur mes genoux avec le cul en l'air. Qu'est-ce que tu veux que j'en fasse ?

Patrick frotta un doigt sur l'anus de Kyle, appuyant sur le muscle serré tandis qu'il caressait son érection régulièrement.

— Oui. S'il te plaît ! geignit Kyle, tellement excité qu'il perdait presque la tête à cause du besoin d'en avoir plus.

— Tu veux mon doigt dans ton cul ?

— Oui.

Kyle se repoussa contre lui sans vergogne pour que son corps s'ouvre un peu, laissant la pointe entrer. C'était trop sec, et la piqûre fit que Kyle se contracta par réflexe, un grognement lui échappant.

— Mouille-le.

Patrick bougea sa main, amenant son doigt sur les lèvres de Kyle.

— Suce-le.

Ouvrant la bouche, Kyle suça le doigt de Patrick, utilisant sa langue pour l'humidifier.

— Bon garçon.

Patrick le ramena vers le cul de Kyle, l'enfonçant d'un mouvement rapide, qui soutira un gémissement de Kyle.

— Ça va ? s'assura Patrick en le masturbant de son autre main. Ça fait du bien ?

— Tellement bon.

Bien au-delà de toute gêne, Kyle se déhanchait, se baisant alternativement sur le doigt de Patrick et enfonçant son sexe dans son poing. Il réalisa soudain que l'orgasme était imminent.

— Je suis proche, prévint-il, au cas où Patrick ne voudrait pas qu'il jouisse tout de suite.

— Bien sûr, tu es un mauvais garçon, le réprimanda Patrick.

Sa voix était douce, pas dure, et pleine d'affection amusée.

— Tu aimes être sur mes genoux comme ça, avoir ton vilain petit cul fessé et doigté pendant que je te parle mal.

Sur ce, il cracha sur l'orifice de Kyle et enfonça un autre doigt, en le poussant profondément.

Kyle cria et jouit, sa verge palpitant dans la main de Patrick, tandis que ce dernier continuait à le baiser avec ses doigts, extrayant son orgasme jusqu'à ce que Kyle soit mou et épuisé.

Allongé sur les genoux de Patrick, il fut vaguement conscient que Patrick retirait ses doigts. Puis il sentit à nouveau la main de Patrick sur ses fesses, un contact doux cette fois, le bout des doigts caressant légèrement sa peau chaude.

— Je dois avoir éjaculé sur ton pantalon, murmura Kyle.

Les mots étaient articulés difficilement, son cerveau était encore éparpillé et se regroupait lentement.

— Tu l'as fait.

Patrick poursuivit ses caresses sans rien faire, ne semblant pas trop gêné par le fait que le sperme de Kyle était en train d'imprégner son jean.

Trouvant l'énergie de tourner la tête pour voir le visage de Patrick, il demanda :

— Tu veux... tu sais... jouir ? Prendre ton pied ? Tu peux me baiser si tu veux. Ou je peux te sucer.

Cela semblait juste après l'orgasme époustouflant que Patrick venait de lui offrir.

Patrick sourit.

— Je ne dirai non à aucune de ces suggestions... peut-être même à une combinaison des deux. Mais tu peux d'abord respirer un peu. Que dirais-tu de te préparer pour aller au lit et de prendre le relais ?

— OK.

Kyle était reconnaissant pour le temps de pause. Il ne serait peut-être pas capable de jouir de nouveau, même s'ils laissaient passer un peu de temps, mais il serait certaine-ment capable de s'y mettre davantage après un temps de récupération.

APRÈS S'ÊTRE NETTOYÉS, brossé les dents, et après que Patrick avait lavé son pantalon avec un gant et l'avait mis à sécher, il fut temps d'aller au lit. Kyle grimpa l'échelle en premier, heureux de se blottir sous les couvertures main-tenant que le chauffage était éteint et qu'il commençait à faire froid.

Il attendit, se sentant un peu nerveux, alors que Patrick terminait dans la salle de bain. Se déplaçant légèrement, son caleçon frotta la peau douloureuse de ses fesses et lui provoqua un frisson en lui rappelant pourquoi il avait mal. Tendant la main pour serrer son sexe, il imagina ce qu'ils pourraient faire ensemble lorsque Patrick le rejoindrait au lit.

Il écouta le bruissement pendant que Patrick se déshabillait et entendit le clic lorsque les lumières principales s'éteignirent. La lampe était allumée au-dessus du lit, et une fois que le reste de la pièce fut sombre, cela accentua le caractère douillet de l'espace. Le grincement de l'échelle annonça l'ascension de Patrick, et Kyle roula sur le côté pour lui faire face, tandis qu'il se glissait sous les couvertures.

— Je suis venu préparé, annonça Patrick en se penchant sur Kyle pour poser quelque chose sur l'étagère derrière lui. Lubrifiant et préservatif.

— Bien vu.

Kyle sourit et se rapprocha un peu plus.

Patrick se pencha pour l'embrasser. Il avait un goût de dentifrice et sa barbe érafla le menton de Kyle. Après la perversité de tout à l'heure, le baiser semblait chaste par contraste. Doux et tendre, il fit se tordre quelque chose dans la poitrine de Kyle. Leurs jambes s'emmêlèrent, Patrick se rapprocha et Kyle put sentir la pointe de l'érection de Patrick contre sa hanche. L'excitation grandit, un lent gonflement de désir, alors que Patrick se poussait paresseusement contre lui, et la verge de Kyle durcit en réponse.

Tous deux en sous-vêtements, ils laissèrent leurs mains

vagabonder, explorant les parties du corps de l'autre qu'ils pouvaient atteindre. Kyle caressa les poils de la poitrine de Patrick, et ce dernier fit courir une main sur l'arrière de la cuisse de Kyle, laissant une trace de picotement. Quand il atteignit son cul, il le tapota légèrement.

— Tu as mal ? murmura-t-il.

— Un peu. Mais dans le bon sens. J'aime le fait que je puisse encore le sentir après.

Patrick gloussa, embrassant le cou de Kyle avant de réclamer de nouveau ses lèvres. Plus profondes et plus fortes, leurs langues se frôlèrent un moment avant que Patrick ne se retire et dise :

— Tourne-toi.

Kyle se déplaça de sorte que son dos soit tourné vers Patrick et fut récompensé par une traînée de baisers sur ses épaules, tandis que Patrick passait la main autour de lui pour frotter la bosse dans son caleçon.

— Tu bandes déjà ?

— Oui, chuchota Kyle en repoussant ses fesses contre l'érection de Patrick. Ça ne prend pas longtemps si je suis vraiment excité.

Patrick baissa l'arrière du sous-vêtement de Kyle et passa ses mains sur son cul.

— Tu crois que tu peux jouir à nouveau ?

— Probablement.

— Je peux te baiser ? Et si je jouis avant toi, je te sucerai après.

Patrick bougea les hanches, et Kyle sentit une peau nue et chaude. Il tendit la main derrière lui et guida l'érection de Patrick entre ses cuisses.

— Oui. Je te veux en moi.

Patrick gémit, il s'enfonça dans l'espace étroit, son gland frottant sur les bourses de Kyle.

— Comme ça ?

Avec le plafond bas, leurs choix de positions sexuelles seraient quelque peu limités, mais, tels qu'ils étaient, ça fonctionnerait parfaitement.

— Ouais, soupira Kyle en récupérant le lubrifiant. Tiens.

— Mon Dieu, Kyle. Tu as un cul tellement sexy, susurra Patrick en frottant ses doigts glissants sur l'anus de Kyle. J'ai hâte de te baiser à nouveau.

Il les poussa à l'intérieur, faisant haleter Kyle. C'était si bon, mais l'érection de Patrick serait encore meilleure. Chaude et épaisse, elle le remplirait parfaitement.

— Je veux ta queue, marmonna-t-il.

— Je vais te la donner.

Patrick déplaça lentement ses doigts.

— Vite, s'il te plaît.

Un gloussement.

— J'aime quand tu es impatient. Au moins, tu as dit « s'il te plaît » cette fois. Passe-moi le préservatif.

Kyle l'ouvrit même pour lui, voulant accélérer les choses autant que possible. Pendant que Patrick le déroulait, Kyle se caressa, se maintenant à la limite du désespoir. Son orifice se sentait vide sans les doigts de Patrick et il avait envie de l'étirement et de la plénitude qu'il savait à venir.

Patrick caressa la raie de Kyle avec le bout de sa verge.

— Écarte ton cul pour moi.

Désireux d'obtempérer, Kyle écarta ses fesses, sa peau chaude et sensible sous ses mains.

Patrick repoussa les couvertures en dessous de leurs tailles.

— J'ai besoin de voir ce que je fais pendant une seconde.

Son gland glissa sur l'entrée de Kyle.

— Putain, Kyle, t'es sexy comme ça.

Une pression ferme, et Kyle se prépara, gémissant de frustration quand Patrick manqua son anus et glissa trop loin.

— Désolé.

Plus de pression, puis ils gémirent tous les deux en synchronisation quand il le pénétra enfin.

Kyle ferma les yeux, se concentrant sur l'écrasante sensation. L'étirement, l'oppression, un soupçon de douleur, mais surtout un plaisir pur et brut, alors que Patrick se retirait lentement avant de s'enfoncer encore plus profondément. Avec Patrick en lui, l'urgence avait disparu. Il pourrait faire ça pendant des heures. Il enroula de nouveau sa main autour de sa hampe et la caressa, des mouvements paresseux pour suivre le rythme tranquille de leur ébat.

— C'est bon ? chuchota Patrick, son souffle chaud contre le cou de Kyle.

— Oui. Pour toi aussi ?

Patrick s'accrocha à la hanche de Kyle.

— C'est incroyable.

Il fut impossible pour Kyle de juger du temps qui passait, alors que Patrick le baisait lentement et complètement. Chaque glissement de son membre poussait Kyle un peu plus haut, mais la montée était douce, un rapprochement progressif du sommet.

Il n'avait jamais fait l'amour comme ça avant. Il avait toujours été concentré sur le fait de prendre son pied, de se précipiter vers la fin. Cette danse mesurée et sensuelle était nouvelle pour lui. C'était merveilleux, mais ça l'effrayait, car il sentait qu'il y avait quelque chose de plus. Chaque pénétration était une caresse, la main sur sa hanche était un ancrage doux, les baisers pressés sur ses épaules étaient intimes et précieux. Ce fut presque un soulagement quand Patrick commença à perdre le contrôle, poussant plus vite et de manière plus urgente, parce que cela ressemblait plus au genre de baise auquel il était habitué.

— Je suis proche, souffla Patrick, la voix tendue et essoufflée.

— Viens. Ça ne me dérange pas. Je veux que tu le fasses.

Il aimait savoir que Patrick perdait le contrôle à cause de lui. Ça le faisait se sentir puissant.

— Tu me suceras après, hein ?

— Putain, oui.

Comme s'il avait attendu la permission, Patrick se plaqua contre Kyle, son bassin s'agitant frénétiquement jusqu'à ce qu'il jouisse, son rythme faiblissant alors qu'il s'enfonçait encore plus profondément et s'immobilisait avec un gémissement. Il ne perdit pas de temps après. Se retirant de Kyle, il le guida sur le dos et l'embrassa tandis qu'il tâtonnait avec le préservatif. Ceci fait, il se cala entre les cuisses écartées de Kyle.

— Dis-moi ce que tu aimes.

Il guida Kyle dans sa bouche et commença à le sucer.

— Comme ça, soupira Kyle en posant une main dans

les cheveux de Patrick. Je peux encore avoir tes doigts en moi ?

Patrick tendit la main vers le bas et les poussa à l'intérieur, les pliant dans un angle qui provoqua en Kyle un choc de plaisir.

— Oh merde. Oui. Comme ça.

Patrick était vraiment doué pour les fellations, et avec la succion chaude sur son membre et les longs doigts de Patrick frottant sa prostate, Kyle abandonna l'idée d'essayer de se retenir. Il empoigna les cheveux de Patrick et baisa sa bouche.

— C'est bon ? haleta-t-il.

La réponse sonna comme un oui, Patrick semblait le supporter.

— Je peux jouir dans ta bouche ?

Patrick s'arrêta assez longtemps pour demander :

— Y a-t-il une raison de ne pas le faire ?

— Non.

— Alors oui.

Avec cela, Patrick l'aspira de nouveau profondément, et Kyle s'abandonna, baisant la bouche de Patrick pendant que son amant le doigtait jusqu'à ce qu'il explose dans un flash aveuglant de libération.

Quand il revint sur terre, il sourit à Patrick, qui le regardait, les cheveux emmêlés et les joues rougies.

— C'était bon ? demanda Patrick.

— Mmm, ouais. C'était bien, je suppose.

— Sale gosse, gloussa Patrick en levant les yeux au ciel.

Kyle emmêla de nouveau ses doigts dans les cheveux de Patrick et les tira doucement.

— Viens ici que je puisse t'embrasser.

Se déplaçant au-dessus de lui, Patrick enveloppa Kyle de ses bras et se pencha pour l'embrasser. Il avait le goût du sperme, le dentifrice avait disparu depuis longtemps. Finalement, il s'allongea à côté de Kyle avec un bâillement.

— Extinction des feux ? suggéra Kyle.

— Oui. J'ai sommeil.

Kyle était épuisé après avoir joui deux fois. Il appuya sur l'interrupteur, les plongeant dans l'obscurité.

— Oh. J'ai oublié de remettre mon caleçon.

— Tu en as besoin ?

— Je suppose que non.

Kyle remua un moment, essayant de se mettre à l'aise.

— Mais il fait froid. Il me faut peut-être plus que mon caleçon.

— Viens, proposa Patrick en se rapprochant. Roule sur le côté. Non, de l'autre côté, ce sera plus facile de se rapprocher. Voilà.

Ils étaient de nouveau en cuillère, innocemment maintenant. Patrick s'adaptait parfaitement à lui, sans érection pour le gêner. Peau contre peau, ils furent bientôt bien au chaud sous les couvertures, et Kyle était trop fatigué pour se demander si ce serait gênant de se réveiller nu le matin. Tant qu'ils étaient tous les deux nus, ce n'était pas si mal.

Sa dernière pensée avant de sombrer dans le sommeil fut qu'il pourrait s'habituer à ça.

TREIZE

Dimanche 25 décembre – Jour de Noël

Patrick se réveilla avec un corps chaud contre lui et un souffle doux qui lui chatouillait l'épaule. Une vague de ce sentiment inconnu de la veille le traversa de nouveau avant qu'il ne le reconnaisse et l'étouffe farouchement.

Il n'avait pas à se sentir heureux de se réveiller nu à côté de Kyle. Satisfait peut-être, amusé par la tournure qui les avait amenés à cette facette nouvelle et inattendue de leur relation. Mais se sentir heureux était dangereux, car ce qui se passait entre Kyle et lui ne serait jamais qu'une chose éphémère.

Kyle avait clairement exprimé qu'il n'était pas intéressé par les relations sérieuses, et Patrick ne voulait pas de sexe occasionnel. Si c'était tout ce que cela serait, alors il fallait que cela s'arrête rapidement, car il avait peur de développer des sentiments pour Kyle, maintenant qu'il apprenait à le connaître d'une manière nouvelle et différente.

En remuant, Kyle se rapprocha de lui et posa sa tête

dans le creux de son aisselle. Il marmonna quelque chose d'inintelligible. Ne sachant pas s'il parlait dans son sommeil ou s'il se réveillait, Patrick murmura :

— Bonjour.

— Mmph.

Se rappelant quel jour on était, Patrick ajouta ensuite :

— Joyeux Noël.

Levant la tête, Kyle lui adressa un sourire en coin.

— Oh oui. Joyeux Noël à toi aussi.

Patrick essaya de décider s'il devait l'embrasser ou non, quand Kyle laissa sa tête retomber et referma les yeux. Patrick enroula un bras autour de lui, et ils restèrent allongés en silence pendant un moment, avant que Kyle ne demande :

— Quelle heure est-il ?

— Aucune idée.

Patrick leva la tête et loucha sur les rideaux, il y avait de la lumière qui se faufilait par les interstices, donc il ne devait pas être très tôt.

— Tu me passes mon téléphone ?

Kyle émit un grognement de protestation, mais il tendit une main pour prendre le téléphone de Patrick sur l'étagère près du lit.

— Merde ! s'exclama Patrick. Il est déjà dix heures et quart.

— Vraiment ? souffla Kyle en ouvrant finalement les yeux correctement pour la première fois de la matinée. Waouh. Je ne dors jamais aussi tard. Je devais être super crevé la nuit dernière.

Il lança un sourire malicieux à Patrick.

— Je ne vois pas pourquoi.

Patrick gloussa.

— Tu pourrais peut-être me le rappeler ? ajouta Kyle avec espoir.

La possibilité plana dans l'air entre eux un moment. Mais Patrick secoua la tête et répondit à contrecœur :

— Nous devrions nous lever. Nous avons dit à Mme W. que nous serions là à 11 heures, et nous sentons probablement tous les deux le sexe, donc nous devrions prendre une douche.

— Rabat-joie.

— Lâche-moi alors, plaisanta Patrick en remuant. Je ne peux pas me lever si tu es à moitié affalé sur moi.

Reniflant l'aisselle de Patrick, Kyle fronça le nez.

— Tu sens vraiment mauvais. Tu peux prendre la première douche pendant que j'ai encore cinq minutes de farniente.

— Effronté !

Patrick le bouscula. Kyle gloussa et roula sur le ventre, ce qui permit à Patrick de donner une bonne claque à son cul nu.

Kyle glapit.

— Aïe. Espèce de brute.

— Tu adores ça.

— Hmmm.

Avec son visage enfoui dans l'oreiller, il était difficile de dire si Kyle était d'accord ou non.

Patrick lui donna une tape d'excuse sur les fesses et remonta les couvertures sur lui.

— Cinq minutes, ensuite tu devras te lever.

Sous la douche, Patrick se surprit à siffler « Jingle Bells ». Les plaisanteries au lit ne l'avaient pas aidé à contenir ses sentiments. Le bonheur et l'excitation mijotaient dans son ventre, et il devait sans cesse se rappeler que ce n'était qu'une aventure de Noël.

En sortant, il appela Kyle :

— La douche est libre. Lève-toi, fainéant.

Le temps que Patrick soit sec, il n'y avait toujours aucun signe de lui. Enroulant une serviette autour de sa taille, Patrick s'avança et tendit la main par-dessus le bord du lit plate-forme pour pousser la silhouette immobile de Kyle.

— Viens, ou on va être en retard.

Pas de réponse, alors Patrick arracha les couvertures et lui assena une nouvelle claque sur le cul.

— C'est l'heure de la douche.

— Aïe. Arrête ça. Mes fesses ont besoin d'une pause. C'est encore douloureux de la nuit dernière.

Il avait l'air plutôt rose. Patrick se sentit à la fois coupable et légèrement excité à sa vue.

— OK, désolé. Oh ! Ça me rappelle. On doit échanger nos cadeaux de Noël.

— Ooh, oui. Des cadeaux ! s'exclama Kyle en se retournant et s'asseyant, semblant excité à cette idée. On peut le faire maintenant ?

— Non. Après que tu te seras douché. Maintenant, dépêche-toi !

Patrick leur fit du thé et des toasts à la confiture pendant que Kyle se douchait. Quand il sortit enfin de la salle de bain en sous-vêtements et en T-shirt, Patrick lui offrit une assiette.

— Il fait peut-être un peu froid maintenant, mais j'ai

pensé que tu aurais faim, vu que nous avons fait la grasse matinée.

— Merci. Je suis affamé.

Une fois que Kyle avait fini de manger, Patrick dit :

— Cadeaux ?

Ils allèrent tous les deux fouiller dans leurs sacs. Patrick avait réussi à emballer le sien dans un morceau de papier journal pendant que Kyle était dans la salle de bain hier. Il n'avait pas de ruban adhésif, mais avait tordu les extrémités pour que ça ressemble à un biscuit de Noël.

— Voici le tien, dit-il en le tendant à Kyle, qui cachait quelque chose dans son dos.

— Oh, bel emballage. Je n'ai pas pensé à ça. Je peux le faire rapidement maintenant avec un morceau de ton journal ?

— Bien sûr. Mais n'utilise pas les mots croisés.

— Tourne-toi alors, ou ferme les yeux.

Patrick ferma docilement les yeux et patienta.

Quelques bruissements, et ensuite Kyle annonça :

— OK. C'est fait.

En ouvrant les yeux, Patrick vit Kyle debout devant lui, tenant un paquet d'apparence similaire à celui qu'il avait dans les mains.

— Joyeux Noël, dirent-ils à l'unisson en échangeant leurs cadeaux.

Patrick déroula le papier et le laissa s'ouvrir. Il y avait une plaque de gâteau à la menthe de Kendal et une cuillère en bois décorée avec l'image d'une colline et d'un lac, sous laquelle se trouvaient les mots : *The Lake District*. C'était un cadeau touristique typique. Le gâteau à la menthe était un excellent aliment pour une randonnée, Patrick l'utiliserait donc certainement. Il n'était pas très sûr de la cuillère en bois, mais ce n'était pas comme si Kyle avait eu beaucoup de choix de cadeaux appropriés dans la boutique de Mike.

— Merci.

Il leva les yeux pour voir Kyle, qui tenait le tube de gel à l'aloès et l'orange chocolatée que Patrick lui avait achetés.

— Merci à toi aussi. J'adore l'orange chocolatée.

Kyle montra le gel.

— Mais c'est pour quoi faire exactement ?

— Eh bien, je suis sûr d'avoir lu quelque part que c'est bon pour apaiser la peau endolorie. Comme les coups de soleil ou...

Patrick remua les sourcils de manière suggestive. Les joues de Kyle rosirent.

— Oh ! Oui. Je pense que ça va être agréable.

Il marqua une pause, puis sourit.

— Tu vas m'en mettre ?

— Je suppose que oui, gloussa Patrick. Il serait impoli de ne pas le faire.

Kyle lui passa le tube et lui tourna le dos, baissant son sous-vêtement pour exposer son postérieur. Il était encore rose par endroits, et cette vue fit frémir et gonfler le sexe de Patrick. Déglutissant, il versa un peu de gel froid dans sa paume et l'étala doucement sur la peau de Kyle.

— Mmm, ça fait du bien, soupira Kyle, puis il rigola. Quelle coïncidence.

— Quoi ?

Patrick retira sa main avec un peu de réticence. Le gel avait été absorbé, il n'avait plus d'excuses pour tripoter les adorables fesses de Kyle.

— Que nos deux cadeaux concernent la fessée.

Il remonta son caleçon. Patrick le regarda fixement, ne comprenant toujours pas.

— Eh bien, tu sais, tu m'as dit que ça t'avait fait mal la première fois qu'on l'a fait ? J'ai pensé que la cuillère pourrait aider à sauver tes mains délicates.

La compréhension fit jour, et Patrick ramassa la cuillère et l'étudia sous un tout nouvel angle.

— Ah ! Oui. Ça pourrait très bien marcher.

Il se demandait quand il aurait l'occasion de l'essayer. Peut-être plus tard, si le cul de Kyle n'était pas trop endolori. Sinon demain. Ce serait probablement leur dernier jour ici, parce qu'il y avait des chances qu'ils puissent faire réparer la voiture ou la faire remorquer le vingt-sept. Le cœur de Patrick se serra. Il n'était pas prêt à ce que cela se termine si vite.

— Tu vas bien ? demanda Kyle, qui l'étudiait attentivement.

— Oui. Oui, je vais bien. J'étais juste à des kilomètres pendant une minute. Bon, ajouta-t-il d'un ton vif. Nous ferions mieux d'aller chez Mme W. pour commencer à préparer le déjeuner.

LA CUISINE de Mme Wilcox était chaude et confortable, tandis qu'ils étaient assis à sa table pour préparer les légumes. Le poêle à bois dans le salon alimentait également cette pièce en chaleur, puisqu'elle avait allumé le feu depuis tôt ce matin-là. Des chants de Noël étaient diffusés par le lecteur de CD, et ils avaient chacun un verre de sherry devant eux.

— Ça va être un festin, dit Mme Wilcox en coupant lentement le chou en lamelles.

— Oui. Je ne pense pas que la dinde va me manquer, plaisanta Patrick.

Ils avaient mis en commun leurs ressources pour trouver un menu pour le déjeuner de Noël. Aucun d'entre eux n'avait quelque chose qui s'approchait de la dinde, mais Mme Wilcox avait des saucisses, du bacon, des pommes de terre, du chou, des carottes et des granulés de sauce. Ils avaient donc enroulé le bacon autour des saucisses pour faire des chaussons à la saucisse et allaient faire rôtir les pommes de terre. Le chou et les carottes iraient sur le côté.

Le dessert serait une bûche au chocolat, achetée par Kyle. Ensuite, ils pourraient grignoter le fromage et les crackers de Patrick, arrosés de porto. Toutes les bases étaient couvertes, en ce qui concernait Patrick. Il n'avait jamais été très porté sur le pudding de Noël.

Faisant une pause dans son épluchage de pommes de terre, il prit une gorgée de sherry. L'alcool le réchauffait déjà. Se redressant sur sa chaise, il observa Kyle, la mine concentrée, alors qu'il enroulait du bacon autour des saucisses.

Une bouffée de bonheur gonfla son cœur. Il s'était attendu à ce que Noël soit une triste journée cette année, qu'il le passerait seul et qu'il regarderait Netflix en boucle pour éloigner les souvenirs de Noëls plus heureux. Mais ici, dans un chalet au milieu de nulle part, avec une vieille dame qui était encore une étrangère deux jours plus tôt et un collègue qu'il ne pouvait normalement pas supporter, il réalisa qu'il était plus heureux qu'il ne l'avait été depuis longtemps.

Un morceau de peau de pomme de terre le frappa en plein visage.

— Aïe ! s'exclama-t-il, et il tourna la tête pour voir Kyle, qui lui souriait.

— Allez, espèce de fainéant. Tu nous laisses, Mme W. et moi, faire tout le travail, pendant que tu bois tout le sherry. Fainéant.

— Je me suis arrêté trente secondes, protesta-t-il, dans un simulacre d'indignation.

— Le temps de pause est écoulé. Hop hop.

Mme Wilcox gloussa en regardant leur échange.

En marmonnant, Patrick se remit à éplucher.

ILS DÉJEUNÈRENT AUTOUR de la table dans la cuisine. Mme Wilcox avait allumé quelques bougies, et avec la lumière principale éteinte et la guirlande lumineuse au-dessus de l'arcade, tout était joli et festif. Le repas était excellent. Les délicieuses saucisses à la viande et au bacon se mariaient parfaitement avec les pommes de terre rôties croustillantes – préparées selon les instructions de Mme Wilcox – et les légumes et la sauce complétaient le tout à merveille. Patrick avait ouvert une bouteille de vin rouge avec le déjeuner, et ils se la partagèrent.

Une fois le plat principal terminé, Kyle et Patrick insistèrent pour débarrasser et ne laissèrent pas Mme Wilcox les aider.

— Non, restez assise. On s'en occupe, dit Kyle.

— D'accord. Si tu insistes.

— Vous êtes prête pour une bûche au chocolat ? demanda Kyle.

— Juste un petit morceau pour moi, répondit-elle. Je suis déjà pleine.

— Il reste encore du fromage, lui rappela Patrick.

— À ce rythme, je n'aurai pas besoin de manger avant le jour de l'an, plaisanta-t-elle en se tapotant le ventre.

Kyle découpa la bûche de Noël, pendant que Patrick faisait du thé. Mme Wilcox eut un petit morceau, comme demandé, mais ceux que Kyle servit à Patrick et à lui-même étaient énormes. Après qu'ils avaient fini, même Patrick dut admettre qu'il n'avait pas de place pour le fromage.

— Pas encore, mais plus tard. Je vais d'abord laisser ça se décanter.

Il n'était pas question que Patrick rate le fromage et les crackers.

— Si nous allions nous asseoir dans le salon maintenant ? suggéra Mme Wilcox. On pourrait regarder un peu la télé pendant que nous digérons ?

Cela semblait agréable et relaxant pour Patrick, il accepta donc sans hésiter.

— Je vais peut-être faire un peu de vaisselle d'abord, ensuite je vous rejoindrai, annonça Kyle.

— Oh, laisse ça. Nous pouvons le faire plus tard, contra Mme Wilcox avant de se lever.

— Ça ne me dérange pas. J'aime bien ranger, répliqua Kyle en souriant. Demandez à Patrick. Je l'ennuie toujours en réorganisant son bureau.

Patrick renifla. C'était vrai. La tendance de Kyle à la propreté s'étendait aux affaires des autres comme aux siennes. Cela avait été plus d'une fois une pomme de discorde entre eux.

Mme Wilcox trébucha, s'accrochant au bord de la table pour se soutenir.

— Oups. C'est un peu plus d'alcool que je n'en bois normalement. C'est parti dans mes jambes.

— Laissez-moi faire.

Patrick se précipita à ses côtés, lui tendant son bâton et lui offrant aussi son bras. Il commença à la guider vers le seuil de la porte.

— Je reviendrai t'aider dans une minute, Kyle.

— Pas besoin. Ça ne me prendra pas longtemps. Je vais juste faire ce que je peux ranger dans les placards maintenant et je laisserai sécher. On pourra en faire plus plus tard.

Désireux de mettre les pieds sur la table, Patrick n'allait pas discuter. Après avoir installé Mme Wilcox dans son fauteuil près du feu, il ajouta quelques bûches fraîches dans le brûleur et s'installa confortablement sur le canapé.

— Tu veux regarder quelque chose ? demanda Mme Wilcox.

— Non, tout va bien.

Plein de sommeil et de nourriture, Patrick serait heureux de ce qu'elle choisirait.

Elle zappa sur quelques chaînes et s'arrêta sur un film, qui fut immédiatement reconnaissable comme *La Mélodie du bonheur*.

— Oh, ça va le faire.

— C'est un classique de Noël, convint Patrick.

Il avait perdu le compte du nombre de fois où il l'avait regardé au fil des ans.

Ils restèrent assis un moment, perdus dans le charme du vieux film, jusqu'à ce qu'un cliquetis provenant de la cuisine rappelle à Patrick que Kyle y était toujours occupé.

Mme Wilcox lui jeta un coup d'œil.

— Il y est depuis un moment.

— Connaissant Kyle, il s'est emporté et fait finalement bien plus que ce qu'il avait dit. Vous allez probablement y retourner et découvrir que votre cuisine a été réorganisée, expliqua-t-il en levant les yeux au ciel, se souvenant de la fois où Kyle avait décidé de réorganiser le système de classement de Patrick. Il ne peut pas s'en empêcher. Une fois qu'il a commencé quelque chose, il a tendance à s'emporter. C'est mieux si on le laisse faire.

Elle gloussa.

— Vous êtes drôles tous les deux.

— Comment ça ? demanda-t-il avec surprise.

— La façon dont vous vous taquinez l'un l'autre. Vous me rappelez un vieux couple marié. Vous êtes ensemble depuis longtemps ?

Pris au dépourvu, Patrick la dévisagea. Elle savait qu'ils étaient collègues, et il avait supposé qu'elle penserait qu'ils étaient hétéros. La plupart des gens, surtout ceux de sa génération, ne considéraient généralement pas que quelqu'un pouvait être gay, sauf si c'était complètement évident. En regardant en arrière, il essaya de se rappeler s'ils avaient montré des signes d'affection en sa présence. Mais non. Ils s'étaient à peine touchés en dehors du sexe — à moins qu'il ne tienne Kyle pour l'empêcher de tomber dans la neige. Alors pourquoi diable aurait-elle pensé qu'ils étaient en couple ?

— Je suis désolée. Ai-je parlé sans savoir ? Peut-être que je me trompe. Mais il semble que vous soyez amoureux l'un de l'autre.

L'expression démodée était charmante et drôlement

innocente, compte tenu de la nature de la relation entre Kyle et lui.

— Non, s'empressa-t-il de la rassurer. Non, ce n'est rien. Et vous n'êtes pas complètement à côté de la plaque. Mais nous ne sommes pas vraiment ensemble, pas de manière sérieuse.

Elle l'étudia, ses yeux de fouine ressemblant à des groseilles dans son visage ridé.

— Mais il y a quelque chose entre vous.

Un rougissement, qu'il ne pouvait pas mettre sur le compte du vin ou de la chaleur du feu, teinta les joues de Patrick.

— Oui. Il y a définitivement quelque chose, mais je ne pense pas que ça va durer.

— Pourquoi pas ?

— Nous sommes trop différents et nous voulons des choses différentes.

Elle haussa les épaules.

— Eh bien, parfois, ce que les gens veulent change. Je suis bien placée pour le savoir.

— Pourquoi ça ?

— Je n'ai jamais voulu me marier. Je pensais que c'était pour les autres filles, pas pour moi. Je ne voulais pas faire la cuisine, le ménage, ni avoir des bébés. Je voulais dresser des chiens de berger et ne pas avoir à répondre à un homme.

— Alors, que s'est-il passé ?

— J'ai rencontré le bon. Il était heureux que je suive mes rêves. Nous nous occupions ensemble des tâches ménagères, et je travaillais avec les chiens en portant John en châle. Ma grand-mère était écossaise et elle m'a montré comment le porter de cette façon.

Elle sourit à cette évocation, perdue dans ses souvenirs pendant un instant. Puis elle sembla revenir au présent.

— Bref, tout ce que je dis, c'est que les gens changent. Les priorités changent. J'ai vu la façon dont ce jeune homme te regarde quand tu n'en as pas conscience. Alors ne perds pas espoir.

Kyle entra à ce moment-là.

— Espérer quoi ? demanda-t-il.

— Rien d'important, répondit rapidement Patrick. Qu'est-ce qui t'est arrivé ? J'ai cru que tu avais été emporté par la bonde.

— Je nettoyais le dessus de la cuisinière, et le temps que je termine, la vaisselle était presque sèche. Alors je l'ai rangée et j'en ai fait une autre. J'ai aussi un peu rangé vos placards.

Patrick fit un sourire à Mme Wilcox.

— Je vous l'avais dit.

— Lui dire quoi ? interrogea Kyle, l'air suspicieux.

— Que tu es un maniaque de la propreté et que tu ne pouvais pas résister à l'envie de te mêler des affaires des autres.

Le ton de Patrick était taquin. Cela n'avait rien à voir avec les critiques acerbes qu'ils avaient l'habitude de se lancer.

Kyle se joignit à la discussion en levant les yeux au ciel et en disant :

— Seulement parce que tu es un désastre désordonné. Tu as besoin de quelqu'un pour ranger après toi.

Mme Wilcox rit et dit à Patrick :

— Ne te plains pas. Il n'y a rien de mal à ce qu'un homme aime faire la vaisselle et garder les choses en ordre.

Merci, chéri, dit-elle à Kyle. Maintenant, assieds-toi et détends-toi un peu.

— Oui, madame.

Kyle s'affala sur le canapé à côté de Patrick. C'était un petit canapé deux places, idéal pour se câliner. En fait, ils étaient assis sans se toucher, mais Patrick avait envie de se rapprocher un peu plus et de poser une main sur la jambe de Kyle ou de lui prendre la main. Les conseils de Mme Wilcox résonnaient encore dans sa tête.

Ne perds pas espoir.

Il était peut-être temps pour lui d'être courageux et de demander à Kyle comment il voyait les choses. Si c'était vraiment juste une aventure de Noël pour Kyle, il valait mieux le savoir. L'estomac palpitant d'anxiété à cette idée, il décida d'essayer de trouver le temps et le courage de demander.

QUATORZE

Prenant son téléphone, Kyle le fit défiler sans but. Plein d'énergie, il n'était pas d'humeur à s'asseoir sur un canapé pour regarder la télévision, surtout pas *La Mélodie du bonheur*, qu'il détestait. En l'absence de signal, il n'y avait rien pour le distraire. Pas de messages, pas d'e-mails, pas de vœux de Noël d'amis ou de la famille. Il supposait qu'il pourrait demander à Mme Wilcox si elle pouvait lui donner son code Wi-Fi, mais elle semblait déterminée à regarder ce satané film.

Ne voulant pas être impoli, il rangea son téléphone – en l'éteignant d'abord, parce que la batterie était faible – et fixa l'écran de télévision en laissant son esprit vagabonder. Il lui était impossible de se concentrer sur quoi que ce soit avec Patrick à côté de lui. Ses longues jambes étalées, son genou touchant presque le sien, il était presque insupportable d'être si près de lui.

Comment avait-il pu douter de son attirance pour Patrick ? L'alchimie entre eux était tangible. Kyle était surpris de ne pas pouvoir la voir, les fils chauffés à blanc du désir qui les liaient, bourdonnant et palpitant d'énergie. Il ne pouvait sûrement pas être le seul à la ressentir. Il jeta un regard discret à Patrick, se concentrant sur sa main posée sur sa cuisse. Les tendons bougeaient, tandis qu'il tapotait ses longs doigts en rythme, mais en silence, sur le tissu de son jean.

Ces doigts ont été en moi.

Cette pensée rendit Kyle faible de désir.

Il repensa à tout ce qui s'était passé entre eux pendant ce voyage, chaque interaction, chaque dispute, chaque conversation, chaque contact, chaque sourire partagé, chaque baiser.

Il avait envie de plus et il n'était pas sûr que deux nuits de plus ensemble lui suffiraient. Cette prise de conscience fit exploser son cœur. Ce qui avait commencé comme une distraction amusante et une façon de tirer le meilleur parti d'une situation frustrante était devenu quelque chose de bien plus important. Il ne s'agissait plus seulement de sexe. La nuit dernière, avec les bras de Patrick autour de lui, Kyle avait ressenti un contentement profond en s'endormant. Et quand il s'était réveillé ce matin-là, son premier réflexe avait été de se blottir contre lui et de profiter de l'intimité d'être au lit ensemble.

Leurs interactions avaient radicalement changé avec l'ajout du sexe. Les chamailleries étaient plus ludiques que motivées par une aversion mutuelle. Et si les discussions devenaient plus vives, le fait de savoir qu'elles pouvaient se terminer par une fessée et une baise les rendait plus faciles à supporter. Pour la première fois, Kyle se demanda si Patrick ne voulait pas poursuivre leur aventure une fois rentrés chez eux.

Risquant un autre regard en biais sur Patrick, Kyle le surprit qui le fixait aussi.

— Ça va ? bafouilla Patrick.

Kyle hocha la tête, ce qui lui valut un léger sourire. Il lui rendit son sourire, puis détourna les yeux avant de se rendre ridicule en fixant Patrick comme un idiot amoureux.

DEX SE LEVA de son panier près du feu au moment où le film touchait à sa fin. Il s'approcha de Mme Wilcox et poussa sa main avec son nez jusqu'à ce qu'elle le tapote. Puis il remua la queue et poussa un grognement.

— Je pense qu'il veut sortir, annonça-t-elle. Est-ce que l'un de vous a envie de se dégourdir les jambes ? Ou je le laisse sortir dans le jardin ?

Kyle se leva immédiatement, heureux d'avoir une excuse pour faire quelque chose et arrêter d'être obsédé par Patrick. De plus, il voulait appeler sa mère et serait capable d'obtenir un signal dans la rue.

— Je vais y aller.

— Je vais venir aussi, dit Patrick.

— Tu n'es pas obligé.

Kyle avait espéré un peu de solitude pour donner à ses pensées le temps de s'organiser.

— J'en ai envie. J'ai besoin de faire de l'exercice. Et tu as besoin de quelqu'un pour t'aider à rester debout sur la glace.

Il se leva et donna à Kyle un léger coup de coude dans les côtes.

— Très drôle. C'était avant que j'aie des bottes décentes. Je vais bien maintenant.

— Quand même. Mieux vaut être sûr que désolé.

— Je pense que je vais téléphoner à ma famille pendant que vous êtes sortis, réfléchit Mme Wilcox. J'ai promis à John d'appeler le jour de Noël.

— Bonne idée, convint Patrick. J'espère que vous ne leur manquez pas trop.

— Je suis sûre qu'ils se débrouillent.

Elle leur sourit.

KYLE ET PATRICK s'enveloppèrent dans leurs vêtements d'extérieur et enfilèrent leurs bottes dans le couloir. Cette activité excita Dex, qui réalisa qu'il était sur le point d'aller dehors. Il courut en rond autour d'eux, en remuant la queue et en leur donnant des coups de museau pour qu'ils se dépêchent.

— Tu n'aides vraiment pas, Dex.

Kyle s'accrocha à Patrick alors qu'il perdait l'équilibre en marchant sur une botte lorsque Dex le dépassa.

— Tu vois. Tu tombes déjà à la renverse, gloussa Patrick.

Kyle lui donna une claque sur les fesses, plutôt ineffi-cace à travers les couches de manteau et de jeans, mais il eut tout de même droit à un « Hé ! » surpris en réponse. Kyle noua le lacet de ses bottes.

— J'en ai marre de cette blague maintenant. Essaie de marcher dans la neige avec mes autres bottes et tu verras que c'est un sacré miracle d'équilibre et de sang-froid que je ne sois pas tombé plus souvent.

Ils sortirent en fermant rapidement la porte pour garder la chaleur à l'intérieur. Le contraste fut choquant, l'air glacial était dur dans les poumons de Kyle quand il inspirait.

— Waouh. Je pense que c'est le plus froid qu'il ait fait jusqu'à présent.

La lumière déclinait, le ciel était surtout gris, à cause d'un banc de nuages qui s'était dressé comme un obturateur. Mais lorsqu'ils arrivèrent au bout du chemin, une bande de ciel clair à l'ouest leur offrit un coucher de soleil époustouflant. Le soleil ressemblait à une boule de feu rouge, éclairant les nuages d'en bas en bandes roses et orange.

— C'est tellement beau, s'extasia Patrick en s'arrêtant, le regard fixe.

— C'est vrai, convint Kyle.

Ils restèrent debout, profitant de la vue spectaculaire jusqu'à ce que Dex émette un aboiement aigu.

— Désolé, mon garçon. Je sais que tu es impatient de marcher, dit Kyle.

Ils empruntèrent le même chemin que la veille, passant devant le magasin – volets baissés et aucun signe de vie aujourd'hui – et le pub, qui était éclairé et ouvert. Au sommet de la colline, à l'endroit où le chemin piétonnier se terminait près de l'église, Dex avait déjà quitté la route et reniflait joyeusement entre les arbres. Kyle s'arrêta, sachant que Dex ne s'éloignerait pas.

— J'aimerais regarder le soleil se coucher.

La moitié inférieure de l'astre était déjà cachée par les collines.

Ils s'appuyèrent contre le mur de pierre, épaule contre épaule, et contemplèrent le soleil descendre. Plus il descendait, plus les couleurs des nuages devenaient spectaculaires. Le rose et l'orange s'approfondissant jusqu'au rouge sang et au violet. Kyle frissonna, il avait froid maintenant qu'ils s'étaient arrêtés, mais il ne voulait pas manquer le moment où le soleil disparaîtrait.

Patrick passa un bras autour de son épaule et l'attira vers lui.

— C'est mieux comme ça ? demanda-t-il.

— Oui. Beaucoup mieux.

Kyle se blottit contre lui, enroulant son bras autour de la taille de Patrick. Avec la différence de taille, ils s'adaptaient parfaitement comme ça.

— C'est magnifique, murmura Patrick.

Kyle ne savait pas s'il parlait du coucher de soleil ou du fait d'avoir son bras autour de lui. Peut-être des deux.

— Ouais.

Parce que, peu importait ce que Patrick voulait dire, il était d'accord avec ce sentiment.

La dernière lueur se glissa sous la crête de la colline, et ce fut comme si le monde relâchait son souffle. Patrick resserra son bras autour de Kyle.

— Prêt à rentrer ? Il va bientôt faire nuit.

— Oui.

Patrick laissa tomber son bras, mais prit la main de Kyle à la place.

— Est-ce que je peux ?

— C'est seulement parce que tu as peur que je tombe ? Un léger gloussement.

— Non.

— Dans ce cas, c'est définitivement oui.

Kyle serra la main de Patrick, puis appela :

— Dex, viens. C'est l'heure de rentrer.

Alors qu'ils repassaient devant le magasin, Kyle s'arrêta soudainement.

— Oh. Je viens de me rappeler que je veux appeler ma mère pour lui souhaiter un joyeux Noël. Tu peux continuer, si tu veux. Je te rattraperai.

— Ça ne me dérange pas d'attendre, assura Patrick. À moins que tu ne veuilles un peu d'intimité ?

— Non, c'est bon. Reste dans le coin et garde un œil sur Dex. Je ne serai pas long.

Patrick lâcha la main de Kyle et alla consulter les affiches dans la vitrine. Dex trotta à côté de lui et renifla les marches. Kyle sortit son téléphone et l'alluma. Au fur et à mesure que le signal se mettait en place, il commença à bourdonner de notifications de messages. En souriant, Kyle lut les textos de sa mère, de ses sœurs et de deux de ses copains de l'université. Il répondit à ses sœurs et à ses amis, puis appela sa mère.

— Bonjour, mon amour. Joyeux Noël !

Il y avait une musique de Noël en fond sonore, et il entendit un cri et un rire.

— Chut ! C'est Kyle, dit sa mère.

— Joyeux Noël ! crièrent ses sœurs à l'unisson.

Kyle sourit.

— Dis-leur bon Noël de ma part. Tu passes une bonne journée ?

— Superbe, merci. Mais tu nous manques.

— Tu me manques aussi.

Kyle jeta un coup d'œil au dos de Patrick. Les épaules voûtées, les mains dans les poches, il offrait une silhouette solitaire près de la boutique déserte. C'était révélateur que Patrick ne prenne même pas la peine d'envoyer un message à sa famille. Ils ne devaient vraiment pas être très proches. Kyle ressentit un élan d'affection pour lui, heureux qu'ils soient ensemble pour Noël, même si cela signifiait que Kyle ne pouvait pas voir sa propre famille.

— Tu arrives à passer un bon moment ?

— Oui. C'était vraiment génial, en fait. Patrick – c'est le gars du boulot – et moi avons passé la journée avec Mme Wilcox, la vieille dame qui nous a loué un logement. Elle est seule à cause de la neige, alors on lui tient compagnie et on l'aide un peu.

— Oh, comme c'est charmant. Je suis contente que tout aille bien. Donc il est gentil après tout, n'est-ce pas ? Ce Patrick ?

— Oui. Il l'est.

Patrick jeta un coup d'œil par-dessus son épaule à Kyle, comme s'il sentait qu'il était le sujet de la discussion. Quand il croisa son regard, il se détourna rapidement.

Kyle se demandait ce que sa famille penserait de Patrick. Ils l'adoreraient probablement. Quand Patrick faisait du charme, il était assez irrésistible. Il eut une image fugace de Patrick se joignant à l'habituel Noël familial de Kyle : assis à la table à manger avec un chapeau en papier, jouant au Pictionary ou au Twister, se prélassant sur le canapé devant le spécial Noël de *Doctor Who*. Cette pensée fit gonfler quelque chose en lui, un désir qu'il ne voulait pas formuler.

— Kyle ? appela sa mère, tentant d'attirer son attention. Tu es toujours là ?

— Oui, désolé. Le signal est un peu aléatoire.

C'étaient ses pensées qui étaient à des kilomètres, voyageant sur des chemins dangereux.

— Je demandais si tu allais venir chez nous pour le jour de l'an. Grand-mère et Grand-père vont venir. Je fais du rosbif. Je sais que, d'habitude, tu as la gueule de bois après avoir fait la fête, mais on aimerait bien te voir, surtout que tu rates Noël.

— Oui, bien sûr.

Kyle sortirait probablement en boîte pour le Nouvel An, mais il n'avait rien prévu d'officiel. L'idée de passer la journée avec sa famille était plus attrayante que de se sentir comme une merde après s'être défoncé la veille. Cela voulait-il dire qu'il grandissait enfin ? Il frissonna, le froid l'atteignant de nouveau, maintenant qu'il était immobile.

— OK. Je ferais mieux d'y aller. Il fait froid ici, et la nuit tombe vite. Profitez du reste de la journée, et je vous verrai la semaine prochaine.

— OK, mon amour. Au revoir. Fais-moi savoir quand tu seras rentré sain et sauf.

— Je le ferai.

Kyle termina l'appel et rangea son téléphone dans sa poche.

— OK. J'ai fini, annonça-t-il à Patrick, qui se retourna et marcha vers lui.

Ils se mirent à côté l'un de l'autre et, cette fois, Kyle prit la main de Patrick.

— Est-ce que je peux ? dit-il, faisant écho aux mots de Patrick de tout à l'heure.

— Oui, dit Patrick, la pression de sa main faisant naître une petite lueur de bonheur, qui réchauffa Kyle de l'intérieur.

À ce moment-là, son téléphone sonna avec le son familier d'une alerte Grindr. Kyle hésita, s'arrêtant une seconde avant de décider de l'ignorer. Grindr pouvait attendre. Patrick était là en ce moment, et c'était plus important.

Mais Patrick lui lâcha la main, mettant un peu d'espace entre eux.

— Tu ne vas pas regarder ? demanda-t-il nonchalamment.

— Je n'allais pas le faire, non.

Son téléphone sonna une nouvelle fois.

— Tu peux, si tu veux, insista Patrick en haussant les épaules.

Le signal sonore retentit pour la troisième fois.

— OK.

Piqué par l'apparente indifférence de Patrick, Kyle sortit son téléphone pour regarder. Trois messages. Il déverrouilla son écran pour pouvoir les lire. C'était encore Hung top 80.

Quand veux-tu qu'on se rencontre ?

J'ai hâte de baiser ce petit cul sexy.

Je suis libre le 27, mon partenaire n'est pas là, donc je peux accueillir.

Kyle fronça les sourcils. C'était la première fois qu'il mentionnait un partenaire. Bien sûr, une vérification rapide du profil de Hung top montra qu'il prétendait être célibataire. Ayant été de l'autre côté d'une tromperie, Kyle ne voulait pas être le gars qui causait par inadvertance ce genre de blessure s'il pouvait l'éviter. La déception effaça la chaleur d'avant. Il aurait pu être agréable de rebondir avec Hung top 80 quand Patrick et lui se seraient séparés après le lendemain de Noël.

Pas intéressé, merci.

Il appuya sur le bouton d'envoi, conscient que Patrick

le regardait comme quelqu'un qui tentait d'être subtil, mais qui échouait. Peut-être que Patrick se souciait plus de cela qu'il ne le laissait paraître. Kyle ne put résister à l'envie d'essayer de le rendre jaloux.

— Désolé pour ça. Juste un admirateur, qui essaie d'arranger un rendez-vous. Ça pourrait être amusant de jouer avec lui.

Patrick ne répondit pas, tête baissée, il marcha juste un peu plus vite. Voulant une réaction, Kyle continua :

— Mais il n'est pas célibataire. Pourquoi ce sont toujours les mecs mariés ou en couple qui me draguent là-bas ?

Kyle voulait que Patrick voie qu'il était demandé ; ça pourrait le rendre plus désirable.

— Je n'en sais rien. Je ne m'intéresse pas à ces applications, c'est une fosse à purin, grogna Patrick en se jetant sur Kyle, qui recula devant la fureur soudaine qui se lisait sur ses traits. Et je n'ai pas envie d'entendre parler de tes conquêtes, surtout si tu es le genre de connard qui se tape des mecs en couple.

— Waouh ! Attends une minute... s'écria Kyle en élevant la voix, essayant de se défendre et de s'expliquer, mais Patrick l'interrompit, ne le laissant pas parler.

— J'aurais dû m'en douter. Je n'arrive pas à croire que je commençais à avoir une meilleure opinion de toi. Je suis un putain d'idiot.

Il s'en alla en marmonnant pour lui-même, laissant un Kyle choqué, debout dans la neige, essayant de comprendre ce qui venait de se passer.

Après avoir repassé la conversation dans sa tête plusieurs fois, le choc se transforma en colère et en indignation lorsqu'il réalisa les suppositions incorrectes que Patrick avait faites. Comment osait-il supposer que Kyle était le genre de type à sortir délibérément avec des hommes mariés ? Pensait-il vraiment autant de mal de lui, après tout ?

Un gémissement lui fit baisser les yeux pour voir Dex, assis à côté de lui, la tête penchée. Kyle tendit la main, et Dex lécha son gant.

— Désolé, mon garçon. Tu n'as pas aimé la dispute ? Moi non plus. Mais ce n'est pas grave. Patrick est juste un branleur, qui juge tout et qui saute aux conclusions. Eh bien, qu'il aille se faire foutre.

Sur ce, Kyle se dirigea à grands pas vers la maison de Mme Wilcox, sans essayer de rattraper Patrick, qui avait déjà quelques centaines de mètres d'avance et marchait rapidement sans se retourner.

QUINZE

Patrick entra, gardant la porte entrouverte pour Kyle. Il enleva ses bottes, l'estomac agité par trop d'émotions. Il regrettait déjà son emportement, non pas parce qu'il n'en pensait pas un mot, mais parce qu'en réagissant avec colère, il avait révélé sa propre faiblesse. S'il ne s'était pas soucié de Kyle, il n'aurait pas été aussi déçu que Kyle ait donné raison à ses premières impressions : il était frivole et irréfléchi, sans se préoccuper des personnes qu'il blessait dans la poursuite de sa propre satisfaction.

Il s'appuya contre le mur du couloir, tentant de se ressaisir.

Se rapprocher de Kyle avait été une énorme erreur. Il se sentait stupide d'avoir laissé sa libido l'égarer, et encore plus stupide de s'être permis de développer des sentiments pour quelqu'un qui ne cherchait qu'à baiser rapidement. Il n'aurait jamais dû baisser sa garde.

Le bruit de pas à l'extérieur l'avertit du retour de Kyle. Se dépêchant de retourner dans le salon pour éviter une autre confrontation potentielle, il salua Mme Wilcox et s'assit de nouveau sur le canapé. Elle regardait l'un des films de la saga *Harry Potter* et faisait un peu de tricot.

— As-tu perdu Kyle dans la neige ? demanda-t-elle, les lèvres plissées en un sourire.

— Non, il enlève juste ses bottes.

— Ah. Heureuse de l'entendre.

Ses aiguilles à tricoter cliquetaient en rythme, tandis que Patrick faisait semblant de regarder le film.

Kyle entra quelques minutes plus tard. Ignorant complètement Patrick, il dit à Mme Wilcox :

— Je crois que Dex a faim. Je peux le nourrir ?

— Oui, c'est l'heure de son dîner. Sa nourriture est dans le placard, à côté de la porte de derrière. Il a droit à une boîte et à une poignée de croquettes.

— D'accord. Voulez-vous du thé ?

— En fait, je pense que je suis prête pour du fromage, et peut-être un petit porto pour aller avec ?

Elle se tourna vers Patrick avec un sourire.

— Je crois avoir vu que tu avais apporté une bouteille.

— Oui, j'en ai une.

L'idée du fromage retourna l'estomac de Patrick, mais il ne voulait pas qu'elle remarque que quelque chose n'allait pas.

— Pourrais-tu l'apporter ? Nous pourrions manger devant la télé, si ça te convient.

— D'accord.

Cela convenait parfaitement à Patrick, car cela lui éviterait d'avoir à trop discuter.

Dans la cuisine, ils se déplacèrent l'un autour de l'autre dans un silence glacial. Kyle donna à manger à Dex, faisant claquer portes et tiroirs avec une force inutile, tandis que

Patrick disposait les fromages sur une planche et rassemblait assiettes, couteaux et crackers.

— Tu as besoin que je porte quelque chose ?

L'hostilité dans la voix de Kyle ne correspondait pas à son offre d'aide.

— Le plateau de fromage, merci.

— Mon Dieu, ce Stilton sent comme si quelque chose était mort, marmonna Kyle.

Ils mangèrent du fromage et des crackers et sirotèrent des verres de porto tout en regardant le film en silence, à part la demande occasionnelle de passer quelque chose. Kyle ne croisa pas le regard de Patrick une seule fois et il avait choisi de s'asseoir sur un fauteuil plutôt que de partager le canapé avec Patrick, comme il l'avait fait plus tôt. Patrick surprit Mme Wilcox, qui les regardait avec curiosité, mais elle ne mentionna pas le changement d'atmosphère.

Normalement plat préféré de Patrick pour la saison, aujourd'hui, il ne supportait pas le fromage. Il était étouffant, et les crackers étaient trop secs, collant au palais quand il essayait d'avaler. Il dut le faire descendre avec un supplément de porto pour adoucir le tout, remplissant son verre pour pouvoir avaler la petite portion qu'il avait prise.

Il fut le dernier à finir, et dès qu'il eut posé son assiette, Kyle se leva et l'emporta.

— Je vais les ranger.

Il rassembla les autres assiettes et les empila.

— Ne te donne pas la peine, aboya-t-il sèchement quand Patrick voulut attraper le plateau de fromages. Je me débrouille très bien.

Il plaça les assiettes en équilibre sur un côté de la planche, l'utilisant comme un plateau.

Quand il fut parti, Mme Wilcox leva les yeux de son tricot.

— Tout va bien entre vous deux ?

— Nous avons eu un désaccord, déclara Patrick, décidant qu'il était inutile de nier l'existence d'un problème. Mais je suis sûr que nous allons régler ça.

Il n'en était pas sûr. Il n'était même pas sûr de le vouloir. Quel était le but ? Du bon sexe ne voulait rien dire si vous étiez fondamentalement incompatibles. Il ne pouvait pas être avec quelqu'un qu'il ne respectait pas ou en qui il n'avait pas confiance.

— Je l'espère.

Kyle s'absenta un moment, probablement pour ranger de nouveau, et quand il revint, Mme Wilcox poussa un bâillement exagéré.

— Mon Dieu. Je suis épuisée. Je n'ai pas l'habitude de manger autant, mais le porto y est probablement pour quelque chose aussi.

Elle rangea son tricot dans le sac et se redressa.

— C'était très agréable d'avoir votre compagnie aujourd'hui, les garçons, mais je vais devoir vous renvoyer. Je vais me coucher et écouter la radio jusqu'à ce qu'il soit l'heure de dormir.

— Bien sûr, dit Kyle. Nous ne voulons pas abuser de notre hospitalité.

Patrick lui jeta un regard suspicieux. Son épuisement semblait lui être tombé dessus assez soudainement, mais peut-être en avait-elle vraiment assez.

— Absolument, ajouta-t-il en se levant et s'étirant, les muscles tendus à l'image de son humeur.

Elle s'approcha pour vérifier le poêle, attisant un peu le feu, puis fermant la porte pour s'assurer qu'aucune étincelle ne puisse s'échapper pendant la combustion.

— Vous avez besoin d'aide demain ? s'enquit Kyle. Plus de bois à couper ou que l'un d'entre nous emmène Dex en promenade ?

Le « l'un d'entre nous » apparut à Patrick comme une ligne claire dans le sable. Mais c'était bien. Moins ils auraient de temps à passer ensemble avant de pouvoir retourner à Manchester, mieux ce serait.

— Ce serait génial, merci. Oui aux deux.

— Une heure précise ?

— Quand vous voulez.

Elle éteignit les lampes, les laissant dans une quasi-obscurité, à part la lumière du couloir, qui dessinait la silhouette de Kyle dans l'encadrement de la porte.

— Je vous raccompagne.

Patrick resta près de lui pendant que Mme Wilcox traversait la pièce et marchait dans le couloir avec eux. Elle attendit qu'ils mettent leurs manteaux et leurs bottes.

— Dormez bien, tous les deux.

Elle ouvrit la porte pour eux et les laissa passer.

— Merci pour aujourd'hui, dit Kyle.

Il se baissa pour lui donner un câlin et un baiser sur la joue.

— De rien, assura-t-elle en souriant.

Patrick la serra également dans ses bras, respirant son parfum de roses et de talc.

— Merci de nous avoir laissés passer Noël avec vous.

— C'était un plaisir.

Puis elle saisit le bras de Patrick avec une force surprenante et ajouta tranquillement :

— Il vaut mieux ne pas laisser le soleil se coucher sur une dispute.

Elle ferma la porte derrière lui, laissant Patrick seul dans l'obscurité. Kyle avait déjà pris les devants et était entré dans l'appartement. Patrick resta debout un moment, respirant l'air frais. Il pencha la tête en arrière et regarda les étoiles à travers les branches dénudées des arbres, essayant de prendre du recul et de se recentrer avant de faire face à Kyle.

Lorsqu'il ouvrit la porte de l'appartement, Kyle n'était nulle part en vue, mais son téléphone était en train de charger sur le comptoir de la cuisine et la douche coulait. Patrick avait envie d'uriner, mais il pensait qu'il valait mieux laisser à Kyle un peu d'intimité, étant donné l'atmosphère actuelle. Au lieu de cela, il mit le chauffage, s'assit sur le canapé et alluma la télévision pour se distraire. Zappant d'une chaîne à l'autre, il ne trouva rien à regarder, alors il prit les mots croisés sur lesquels il travaillait et se replongea dans une anagramme qu'il essayait de résoudre.

Kyle mit du temps à se doucher, pour finalement sortir en jean et T-shirt. Ses cheveux humides n'étaient pas coiffés, ils étaient plats et doux, ce qui le faisait paraître plus jeune. Faisant comme si Patrick n'était pas là, il sortit des chaussettes de son sac et s'assit sur une des chaises de la cuisine pour les enfiler. Il avait toujours une expression ténébreuse. Patrick ne savait pas quoi dire, alors il reporta son attention sur ses mots croisés.

Le bruit sourd d'une musique forte dans des écouteurs

lui fit lever les yeux. Kyle était sur son téléphone, en train de faire défiler les pages, et ce qu'il écoutait devait être à plein volume. Patrick pouvait entendre le rythme de l'autre côté de la pièce, mais il ne pouvait pas identifier la chanson.

C'était vraiment ennuyeux, peu importait ce que c'était.

Serrant les dents, il essaya de faire la sourde oreille et de continuer ses mots croisés, mais Kyle commença à taper du talon contre le pied de la chaise. Sûr qu'il le faisait exprès, Patrick l'ignora, malgré son irritation croissante. Ce fut le tambourinage du bout des doigts sur le comptoir de la cuisine qui le fit finalement basculer.

— Bon sang, tu peux arrêter ça, s'il te plaît ? grogna-t-il en regardant Kyle.

Aucune réponse. La musique, les tapotements et les tambourinements continuèrent.

Patrick se leva et s'approcha de lui. Enfin une réponse. Kyle leva les yeux, une expression de défi évidente sur son visage.

— Baisse le son et arrête d'être un emmerdeur, cria Patrick.

— Quoi ? s'exclama Kyle. Je ne t'entends pas.

Il désigna les écouteurs.

Attrapant un des câbles de l'écouteur, Patrick le retira de l'oreille de Kyle.

— Tu es un connard passif-agressif. Baisse cette putain de musique et reste tranquille.

— Va te faire foutre. Tu n'as pas à me dire ce que je dois faire.

Ils se regardèrent fixement dans une bataille de volontés pendant un long moment.

— Tu es vraiment un connard.

Kyle se leva, arrêta la musique et rangea son téléphone dans sa poche. Il s'approcha de Patrick, serrant le poing de sa main libre. L'espace d'un instant, Patrick crut qu'il allait le frapper.

— Comment oses-tu me juger comme tu l'as fait tout à l'heure ? Tu ne sais rien de moi.

— Je te juge sur ce que je vois. Sortir avec des gens qui sont en couple est une chose merdique à faire.

— Qui a dit que je sortais avec des hommes en couple ? demanda Kyle.

— C'est toi !

La frustration monta, faisant s'emballer le cœur de Patrick, alors que l'adrénaline pompait dans son organisme.

— Non, putain, je n'ai jamais dit ça !

Le visage de Kyle était rougi par la fureur.

— Tu as fait une supposition. Si tu avais écouté ce que j'ai dit au lieu de sauter aux conclusions, tu l'aurais compris.

Patrick le dévisagea, essayant de se souvenir de la conversation exacte.

— Tu as dit quelque chose à propos d'essayer d'arranger une rencontre, et qu'il n'était pas célibataire, résuma-t-il en fronçant les sourcils. Puis tu as dit que tu avais toujours des hommes mariés qui te draguaient.

— Oui. C'est vrai. J'ai dit ça.

Plus contrôlée à présent, la colère de Kyle était de la glace plutôt que de la rage. Son ton était condescendant, comme s'il essayait d'expliquer quelque chose à une personne particulièrement stupide.

— Tu vois ?

— Ce que j'ai dit, c'est qu'*il* essayait d'arranger une rencontre avec moi. Je n'ai jamais dit que j'avais accepté. Et oui, j'ai dit que j'avais toujours des hommes mariés qui me draguaient. Mais je n'ai jamais dit que j'avais rencontré l'un d'entre eux ou que je les avais baisés.

L'estomac de Patrick exécuta des soubresauts désagréables, le rendant un peu nauséeux.

— Mais pourquoi tu lui parlais, s'il n'est pas célibataire ?

— Parce que, comme beaucoup trop de types sur ces applications, c'était un salaud de menteur qui prétendait être célibataire sur son profil, expliqua Kyle, la voix cassante, en haussant les épaules.

Putain. Patrick se sentait vraiment mal maintenant. Malade de culpabilité. Parce que Kyle avait raison ; il avait tiré des conclusions hâtives et avait traité Kyle comme une merde en conséquence.

— Je suis vraiment désolé, s'excusa-t-il doucement, résistant à l'envie de se dérober au regard de Kyle. Je suis désolé d'avoir mal compris, et je suis désolé de t'avoir mal jugé.

Kyle prit une profonde inspiration, les narines dilatées.

— Ouais. Bon. Ça arrive.

Alors que le mur de protection de sa colère tombait, Kyle arbora un air de défaite, la douleur clairement visible sur ses traits.

— Peux-tu me pardonner ?

Patrick avait envie de l'attraper et de l'enlacer, de le serrer fort dans ses bras et de relâcher la tension méfiante de son corps. Mais il se retint, sentant que Kyle n'était pas prêt.

— Je ne sais pas. J'ai besoin de temps.

Sur ce, Kyle remit ses écouteurs et s'assit en détournant sa chaise. La musique recommença, mais Kyle la baissa pour que Patrick ne puisse plus l'entendre.

Congédié, Patrick retourna à ses mots croisés. Il finit par gribouiller dans la marge plutôt que de résoudre les indices, car il était totalement incapable de se concentrer. Il ne faisait que ressasser en boucle les événements de la soirée dans sa tête. Malheureux et honteux de lui-même, il aurait aimé pouvoir revenir quelques heures en arrière et changer les choses.

SEIZE

Kyle écoutait de la musique et lisait le thriller sur son application Kindle, essayant de donner à son cerveau une pause dans sa réflexion. Mais, malgré tous ses efforts, son esprit continuait à s'éloigner des mots sur la page et revenait à Patrick et à ce qui s'était passé plus tôt. Sa tentative de provoquer un peu de jalousie s'était retournée contre lui, causant un fossé entre eux que Kyle n'était même pas sûr de vouloir réparer.

Les excuses de Patrick étaient un début, mais ce n'était pas suffisant.

Pour la première fois depuis des années, Kyle s'était permis d'être vulnérable. Il avait renoncé à tout contrôle, physiquement, mais aussi émotionnellement. Parce qu'il s'était permis de s'intéresser à Patrick d'une manière qu'il n'avait jamais connue avec un autre homme depuis Chris.

Après avoir baissé sa garde, Patrick avait été prêt à croire le pire sur lui. Il savait qu'ils ne s'étaient pas toujours entendus, et il serait le premier à admettre qu'il pouvait être agaçant – délibérément parfois. Mais que Patrick pense du mal de lui pour quelque chose qu'il n'avait pas fait et qu'il *ne* ferait *jamais*, il se demandait pourquoi Patrick s'était engagé avec lui. Avec tout ce discours sur le respect et la connexion, Kyle avait commencé à espérer que leur tentative de relation physique pourrait signifier quelque chose.

Ça ne voulait rien dire si Patrick était capable de croire qu'il était un branleur sans cœur, qui était heureux de coucher à droite et à gauche sans se soucier de ceux qui pourraient être blessés. Patrick était évidemment un hypocrite. Il était mené par sa bite autant que n'importe quel gars tout en essayant de s'accrocher à la morale.

Respect et connexion, mon cul.

En s'appuyant sur la chaise en bois inconfortable, Kyle bâilla, épuisé par les montagnes russes émotionnelles qu'avait été ce jour de Noël. Il avait envie d'avoir son propre lit à la maison, de se cacher sous les couvertures et de laisser le sommeil lui permettre de ne plus penser. Mais quand il devait partager un lit avec Patrick, le sommeil était difficile à trouver. Décidant que, s'il prenait de l'avance, il pourrait s'assoupir avant que Patrick ne le rejoigne, il alla se brosser les dents.

Ceci fait, il mit la musique en pause et retira un écouteur. En passant devant Patrick, il annonça :

— Je suis crevé. Je vais me coucher.

— Je peux dormir sur le canapé... si tu veux ? proposa Patrick sur le ton de celui qui espérait que sa proposition serait refusée.

— Ce serait super. Merci. Tu peux prendre la couverture.

Kyle remit son écouteur, appuya sur play et grimpa

l'échelle sans se retourner. Il jeta la couverture par-dessus le bord pour qu'elle atterrisse sur le sol et remonta la couette jusqu'à ses oreilles. Les yeux fermés, la musique jouant dans ses oreilles, il se coupa de Patrick et du reste du monde, attendant que le sommeil vienne le bénir en lui offrant un doux oubli pour un moment.

Lundi 26 décembre – Lendemain de Noël

Après une nuit agitée, Kyle se réveilla au son de la bouilloire qui arrivait à ébullition et au tintement d'une cuillère à café dans une tasse. Patrick essayait d'être silencieux, mais, dans un petit espace comme celui-ci, il était impossible de se lever et de se déplacer sans déranger l'autre. Chaud et détendu, Kyle se retourna et étira son bras sur le matelas.

Pendant un bref instant, il ne comprit pas pourquoi la place à côté de lui était froide. Puis il se souvint de leur dispute de la nuit précédente et son estomac se contracta. Soudain bien réveillé, la douleur et la colère de la veille lui revinrent, pas aussi fortes, mais l'écho était toujours désagréable.

N'étant pas d'humeur à affronter Patrick, il se retourna pour faire face au mur et resta allongé, souhaitant pouvoir se rendormir. Mais, malheureux et déstabilisé, cela n'allait pas arriver. Au lieu de cela, il écouta les bruits de Patrick qui se déplaçait jusqu'à ce que l'odeur des toasts et l'attrait du thé soient trop forts. Ils étaient coincés ensemble pour un jour de plus au moins, alors il faudrait bien qu'il l'affronte à un moment donné.

Se glissant hors des couvertures, il descendit l'échelle et récupéra son jean pour l'enfiler.

— Bonjour, le salua-t-il, la voix rauque de sommeil, sans pouvoir se résoudre à regarder Patrick.

— Bonjour, répondit Patrick d'un ton discret. Tu as bien dormi ?

Kyle lui jeta finalement un coup d'œil et remarqua les cernes sous ses yeux. Il avait une sale tête, mais sa vue faisait encore se serrer la poitrine de Kyle avec nostalgie.

— Oui, merci beaucoup.

Ça aurait pu être pire, vu les circonstances.

— Et toi ?

— Pas la meilleure nuit de ma vie. Ce canapé n'est pas vraiment conçu pour qu'un homme adulte y dorme, expliqua-t-il en faisant rouler ses épaules.

— Ouais. Je suppose que non.

Patrick n'avait pas pu s'y étendre de tout son long, mais ce n'était pas le problème de Kyle. C'était l'idée de Patrick de dormir là, alors il n'allait pas s'excuser. Il alla dans la salle de bain, urina et mit la bouilloire à chauffer. Normalement, il aurait demandé à Patrick s'il voulait plus de thé, mais ce matin, il ne prit pas la peine de le faire. Après deux toasts, Kyle se sentit un peu mieux. Toujours dégoûté par ce qui s'était passé, il décida de s'occuper et de tirer le meilleur parti de la situation.

— Je vais aller voir Mme Wilcox, annonça-t-il. Voir si elle a besoin de moi pour sortir Dex.

— Tu veux de la compagnie ? demanda Patrick avec espoir. J'aimerais aussi faire une promenade. Il fait beau aujourd'hui, le temps est ensoleillé et clair.

— Non. Je préfère y aller seul.

Pas prêt à accepter le rameau d'olivier de Patrick, il avait besoin de se protéger, comme un escargot qui se retire dans sa coquille. Peut-être se sentirait-il différemment plus tard, mais il voulait du temps pour panser ses blessures. Il avait peur que, s'il passait du temps avec Patrick, il lui pardonne pour de mauvaises raisons. L'attraction du désir, un tiraillement constant au creux de son ventre, pourrait le faire faiblir.

Patrick n'essaya pas de cacher sa déception.

— Oh. D'accord. Kyle, j'ai déjà dit que j'étais désolé. Peut-être que j'aurais dû...

— Je comprends. Je sais que tu es désolé. Mais ça n'enlève pas le fait que c'est arrivé.

— Mais je veux t'expliquer pourquoi j'ai agi comme je l'ai fait.

À la vue de la tête de Patrick, Kyle faillit changer d'avis.

— Pas maintenant. J'ai besoin d'un peu de temps loin de toi pour prendre du recul. Je n'arrive pas à réfléchir correctement quand je suis près de toi.

Il rougit à cet aveu, mais c'était vrai.

Les yeux de Patrick s'écarquillèrent, et leurs regards se croisèrent pendant quelques secondes, qui semblèrent durer une éternité.

— D'accord.

Kyle se détourna et commença à enfiler ses vêtements d'extérieur.

— Je vais y aller dans une minute. Tu restes ici ? Je dois prendre la clé ?

— Je crois que je vais sortir faire un tour. Ne t'inquiète pas, ajouta rapidement Patrick. J'irai plus loin pour que nos chemins ne se croisent pas. Cette région figure sur la carte que j'ai utilisée pour ma promenade de l'autre jour, ce qui me permettra de planifier un itinéraire. Je vais rester dehors pendant quelques heures pour nous donner à tous les deux un peu d'espace. La porte se verrouille toute seule, tu peux prendre la clé et, si tu n'es pas là quand je reviendrai, je viendrai te chercher – je suppose que le seul autre endroit où tu seras susceptible d'être sera chez Mme Wilcox.

— Oui, répondit Kyle.

Il n'était pas d'humeur à aller s'asseoir dans un pub tout seul. Si Mme W. en avait assez de sa compagnie, ou si elle n'avait plus de travail pour lui, il reviendrait ici. Il s'arrêta, se rappelant la dernière fois que Patrick était parti se promener seul.

— Tu ne devrais pas me dire où tu vas ? Juste au cas où ?

Ça devait être plus difficile de se repérer dans la neige.

— Bonne idée. Je laisserai un mot pour te dire où je vais et j'essaierai d'être de retour ici à quinze heures pour avoir un peu de marge avant la nuit.

— OK.

Patrick était peut-être un connard qui jugeait tout, mais Kyle ne voulait pas qu'il meure de froid sur une colline enneigée.

— À plus tard alors.

EN FRAPPANT à la porte de Mme Wilcox, Kyle réalisa qu'il était peut-être un peu tôt pour lui rendre visite. Mais comme Dex commença à aboyer à l'intérieur, il était trop tard pour reculer. Elle ne mit pas longtemps à ouvrir.

— Bonjour, Mme W. J'espère que je ne vous ai pas fait sortir du lit ?

— Non, mon cher. Je suis debout depuis un moment. J'ai toujours été une lève-tôt. Entre. Pas de Patrick aujourd'hui ?

— Il va faire une randonnée. J'ai pensé que je pourrais venir et continuer à couper du bois pour vous. Et peut-être que Dex voudra faire une promenade ?

Au son du mot « promenade », Dex dressa les oreilles et trotta jusqu'à Kyle en remuant la queue. Mme Wilcox rit.

— Je crois que c'est un oui.

— OK, peut-être une promenade avant la coupe du bois.

— Mais laisse-moi d'abord te faire une tasse de thé.

Elle se dirigeait déjà vers la cuisine, alors Kyle la suivit. Il avait peut-être juste bu une tasse, mais il pouvait toujours boire plus de thé.

KYLE EMMENA DEX sur leur route habituelle.

Il y avait un changement de temps aujourd'hui. Le froid glacial des deux derniers jours était passé et l'air était plus doux pour ses poumons lorsqu'il le respirait. Le ciel était généralement dégagé et, à mesure que le soleil montait, il pouvait en sentir la chaleur sur ses joues. Cette fois, comme lors de la première promenade, il se dirigea vers les bois. La neige était plus molle sous ses pieds, le craquement glacé avait disparu, et des plaques de terre et de feuilles mortes commençaient tout juste à émerger, là où elle dégelait. Des glaçons s'étaient formés sur les branches des arbres, et les gouttes qui s'en échappaient faisaient de petits trous dans la neige.

Lorsqu'il pénétra dans le champ au-delà des bois, la vue de l'arbre chargé de gui au centre fit naître en lui une pointe de nostalgie. Ce baiser avait marqué un tournant, le moment où la connexion entre eux était devenue plus que purement sexuelle. C'était du moins ce qu'il avait ressenti. Quelque chose avait changé au moment où leurs lèvres s'étaient rencontrées ce jour-là.

Il souffla de frustration. La colère et la douleur s'enflammèrent de nouveau et menacèrent de le submerger.

Dépassant rapidement l'arbre, il continua jusqu'à l'échalier suivant et suivit son nez. Il n'y avait pas de chemin visible, mais une porte de l'autre côté semblait être un bon endroit où se diriger. Il marcha rapidement sur une pente et il eut bientôt chaud à cause de l'effort. Il franchit le portail et déboucha sur une colline escarpée, où il n'y avait plus de murs pour délimiter les champs, juste un espace vide avec de temps en temps un buisson ou un petit arbre tordu pour rompre la monotonie.

Dex gambadait, profitant manifestement de la possibilité de brûler de l'énergie pendant la longue marche. Il courait un peu devant, mais regardait toujours en arrière pour vérifier que Kyle était toujours là et revenait toutes les quelques minutes, comme pour s'assurer qu'il ne prenait pas de retard. La sueur piquait le dos et les tempes de Kyle, alors il ouvrit la fermeture éclair de la polaire qu'il portait – celle de Patrick – et enleva son bonnet pour le mettre dans sa poche. À bout de souffle, il continua à monter la colline jusqu'à ce qu'il atteigne un affleurement rocheux. Là, il se retourna et regarda dans la direction où il était venu, époustouflé par la beauté du paysage.

Son unique ligne de pas marquait la neige, avec les traces de Dex qui tournait autour d'eux comme un gribouillis fou sur une feuille de papier. Le soleil matinal l'éblouissait là où il se reflétait sur le blanc, et le ciel était d'un bleu profond, si vif que si cela avait été sur une photo sur Instagram, Kyle aurait soupçonné un filtre. Loin en dessous, les maisons de Langbeck se nichaient, bien calées dans la vallée enneigée, comme des objets cassables posés dans du papier de soie. La flèche de l'église s'élevait haut et la fumée s'enroulait vers le sommet des cheminées.

Perdu dans le plaisir de la vue et la satisfaction de son ascension, il sentit son esprit s'élever. Il n'avait jamais été un grand amateur de promenades en campagne, mais peut-être allait-il réévaluer cela maintenant. Si rien d'autre n'en ressortait, peut-être retirerait-il ceci de son petit interlude avec Patrick : une appréciation de la beauté de la campagne et le plaisir de l'explorer.

DE RETOUR au cottage de Mme Wilcox, il refusa une autre tasse de thé et se mit directement à couper du bois pour son poêle. Ils avaient beaucoup travaillé hier, et il voulait s'assurer qu'elle en aurait assez pour tenir jusqu'à ce que son fils puisse revenir. Il se mit au rythme de la fente des bûches, la chute lourde et le *claquement* de la hache étant incroyablement satisfaisants. Alors qu'il balançait la hache, les muscles tendus, sa colère résiduelle de la nuit dernière se dissipa progressivement jusqu'à ce qu'il se sente calme et à nouveau centré. S'arrêtant une seule fois pour enlever son T-shirt, il travailla jusqu'à ce que ses bras soient fatigués et ses épaules douloureuses. S'épongeant le front avec son T-shirt en boule, il regarda la pile de bois qu'il avait amassée, estimant qu'elle serait suffisante pour la faire vivre pendant deux semaines au moins.

Vêtu à nouveau de son T-shirt mouillé de transpiration, il rentra dans la maison et trouva Mme Wilcox debout devant la cuisinière. Appuyée sur sa canne, elle remuait une casserole de sa main libre. En l'entendant entrer, elle regarda autour d'elle et dit :

— Bonjour, chéri.

Kyle lui sourit.

— Salut. Ça sent bon.

— C'est juste de la soupe en boîte, poulet et légumes, j'espère que tu aimes ? Je pensais que tu serais prêt à manger. Tu n'as pas arrêté de la matinée.

— Parfait, merci.

L'estomac de Kyle grogna. Il n'avait pas remarqué à quel point il avait faim jusqu'à ce qu'il sente les odeurs de cuisson.

— Je peux vous aider pour quelque chose ?

— Non. Va te laver les mains. Ce sera bientôt prêt.

Le temps que Kyle revienne de la salle de bains, elle avait posé deux bols de soupe fumante sur la table, avec une miche de pain, le beurrier et des restes de fromage du jour de Noël. La vue du Stilton lui rappela Patrick, et il se demanda s'il appréciait sa promenade. Avec un pincement au cœur, il se dit qu'il aurait été agréable d'y aller ensemble, si les choses avaient été différentes.

Ce fut comme si Mme Wilcox lisait dans les pensées, car dès qu'ils furent installés pour manger, elle lança :

— Je suppose que les choses sont toujours difficiles entre toi et Patrick ?

Kyle se figea, la cuillère à mi-chemin de sa bouche, alors qu'il la fixait avec surprise.

— Quoi ? Comment avez-vous su ?

— Patrick l'a mentionné hier soir. Il n'est pas rentré dans les détails, il a juste dit que vous vous étiez brouillés. C'est pour ça qu'il n'est pas là aujourd'hui ?

— Oui.

Kyle baissa le regard en mangeant sa cuillère de soupe, espérant qu'elle changerait de sujet. Il aimait bien Mme Wilcox, mais il n'avait pas envie de discuter de ça avec elle.

Pas de chance.

— Est-ce qu'il t'évite ? demanda-t-elle en fronçant les sourcils.

Kyle soupira.

— Non. C'est l'inverse. Je lui ai dit que je venais ici pour promener Dex et je lui ai fait comprendre qu'il n'était pas le bienvenu pour se joindre à moi.

Mme Wilcox secoua la tête.

— Tu dois lui parler. C'est la seule façon d'arranger les choses.

— Nous avons parlé hier soir. Je lui ai crié dessus. Mais il le méritait.

— S'est-il excusé ?

— Oui. Mais...

Kyle poussa un gros soupir.

— Je n'étais pas prêt à l'écouter. S'excuser ne fait pas disparaître les mauvaises choses comme par magie. J'avais besoin de temps pour me calmer.

— Tu as eu assez de temps maintenant ?

Prenant une autre cuillère de soupe pour se donner le temps de réfléchir, il finit par dire :

— Je ne sais pas. Peut-être ?

— Eh bien. Je ne sais pas ce qu'il a fait... et je ne vais pas le demander, parce que ce ne sont pas mes affaires, expliqua-t-elle avec expression troublée. Mais je sais à quoi ressemblent deux personnes qui tiennent l'une à l'autre. Patrick semble être un homme bien, et j'ai vu comment tu le regardes. Alors, si tu veux mon avis, tu devrais réfléchir à deux fois avant de gâcher une chance de vivre quelque chose de spécial.

La ferveur dans son ton fit que Kyle croisa son regard, et la conviction qui s'y trouvait ne fit que donner plus de force à ses paroles.

— Tout le monde ne trouve pas ça dans la vie. Tu ne devrais pas le gâcher.

Se rappelant qu'elle avait perdu la personne avec qui elle avait vécu cela, Kyle ravala la boule dans sa gorge.

— Oui, vous avez peut-être raison, murmura-t-il d'une voix un peu rauque. Merci pour le conseil.

— C'est gratuit, plaisanta-t-elle, et son expression sérieuse se transforma en un sourire. Eh bien, tu peux le prendre comme un paiement pour tout le bois coupé. Tu étais dehors depuis des lustres.

Kyle lui sourit en retour.

— C'est bon pour l'âme. Et un excellent moyen d'évacuer la colère.

— Donc tu es prêt à lui donner une autre chance ?

— Je suis prêt à écouter ce qu'il a d'autre à dire.

— Eh bien, c'est un début.

Apparemment satisfaite, elle continua à manger.

Kyle mangea aussi, la sensation de chaleur dans son ventre n'étant qu'en partie due à la soupe chaude. La foi de Mme Wilcox en eux deux lui donnait l'espoir qu'ils pourraient trouver un moyen de s'en sortir et au moins être amis, à défaut d'autre chose.

APRÈS LE DÉJEUNER, il envoya Mme Wilcox s'asseoir au coin du feu avec une tasse de thé pendant qu'il faisait la vaisselle. Puis il essuya les surfaces de la cuisine, déplaçant les choses pour nettoyer derrière, où c'était un peu sale par endroits. Se sentant toujours agité et pas d'humeur à se détendre, il décida de sécher la vaisselle et de la ranger, mais il fut dérouté par les placards poussiéreux. Il finit par les vider et commencer à les nettoyer.

— Que diable fais-tu ?

Kyle sursauta au son de la voix de Mme Wilcox et se cogna la tête contre l'intérieur du placard bas.

— Je nettoie, répondit-il en rampant pour en sortir. À quoi ça ressemble, selon vous ?

Puis, se redressant pour lui faire face, il ajouta d'un air penaud :

— Désolé. Je me suis un peu emporté.

— C'est ce que je vois.

Ses lèvres tressaillirent, puis elle gloussa.

— Ça ne me dérange pas. N'hésite pas. C'est difficile pour moi de les atteindre ces jours-ci, surtout les plus bas. Mon dos n'apprécie pas.

— J'aurais dû demander, cependant.

— Ne t'inquiète pas. Du moment que tu ranges tout là où tu l'as trouvé.

— Vous êtes sûre ? Parce que je pensais qu'il serait plus logique de mettre vos assiettes et vos bols ici et de bouger...

— J'aime les choses où elles sont, assena-t-elle fermement.

— OK.

Contrecarré dans ses plans de réorganisation, Kyle admit sa défaite.

— Mais si tu as envie de faire plus de nettoyage, la salle de bain a besoin d'un coup de propre et le couloir doit être balayé.

Kyle sourit.

— Considérez que c'est fait.

LE TEMPS que Kyle termine tous ses travaux, il était fatigué, et même son dos de vingt-trois ans lui faisait mal. Alors qu'il vidait la pelle dans la poubelle de la cuisine pour la dernière fois, il remarqua que la lumière à l'extérieur de la fenêtre commençait à faiblir. Une vérification de son téléphone lui révéla qu'il était presque seize heures.

Patrick devrait être de retour maintenant.

Un frisson d'anxiété le traversa.

Il regarda par la fenêtre et vit que le ciel était dégagé. Au moins, il n'y avait plus de neige. Mais même si Patrick n'avait pas été pris dans un blizzard, il y avait beaucoup d'autres choses qui auraient pu mal tourner lors d'une randonnée en solo. Il avait pu glisser et se blesser à la cheville, prendre un mauvais virage, être attaqué par des moutons – d'accord, peut-être pas ça.

Il allait probablement bien. Patrick était un randonneur expérimenté et il savait ce qu'il faisait. Il y avait de fortes chances que la promenade ait juste pris un peu plus de temps que prévu. Se voulant rassurant, Kyle alla voir Mme Wilcox dans le salon.

— Patrick est un peu en retard par rapport à ce qu'il avait dit. Vous croyez qu'on doit s'inquiéter ?

— A-t-il une carte ?

— Oui. Et il fait beaucoup de randonnées.

— Je suis sûr qu'il va bien. Il prend juste son temps.

— Mais il va bientôt faire nuit.

Elle fronça les sourcils.

— Mmm. Tu peux l'appeler ? Voir s'il va bien ?

— Pas d'ici. Mais si je remonte un peu la route, je peux avoir un signal. Je vais peut-être faire ça.

Il enfila rapidement ses couches d'extérieur et se dépêcha de remonter l'allée. Dès qu'il eut du réseau, il appela le téléphone de Patrick, mais il tomba directement sur la messagerie vocale.

— Merde !

Son anxiété monta d'un cran, une main froide lui serrant le cœur. Soudain, leur dispute de la veille semblait moins importante ; il voulait juste que Patrick revienne sain et sauf. Ils s'arrangeraient pour le reste d'une manière ou d'une autre.

Il se retourna et se dépêcha de retourner à l'appartement pour chercher les coordonnées que Patrick avait dit qu'il laisserait, quand il entendit une voix derrière lui.

— Kyle ! C'est toi ?

DIX-SEPT

C'était difficile à dire dans la lumière déclinante, mais Patrick était presque sûr d'avoir reconnu les jambes fines et la polaire ample de la silhouette devant lui. Quand il l'appela, l'homme s'arrêta et se retourna.

— Patrick ? C'est toi ?

La voix de Kyle fit se soulever le cœur de Patrick dans l'attente. Il espérait que Kyle s'était calmé à présent et qu'il allait lui donner une chance de s'expliquer. Peut-être que, s'il lui racontait ce qui s'était passé avec Matt, cela aiderait Kyle à comprendre pourquoi il avait réagi si mal. En parler serait difficile, même des mois plus tard, cela lui faisait mal de s'en souvenir, et c'était aussi humiliant. Mais il sentait qu'il devait à Kyle une explication, ainsi que des excuses. Il n'avait pas pensé à grand-chose d'autre pendant sa promenade aujourd'hui et était impatient d'aborder à nouveau le sujet.

— Oui.

— Oh merci, putain.

Le soulagement dans la voix de Kyle était clair alors qu'il se précipitait vers Patrick.

— Désolé. J'ai sous-estimé le temps supplémentaire dont j'aurais besoin avec la neige. C'était glissant par endroits et boueux là où ça commence à fondre, ce qui m'a beaucoup ralenti.

Patrick se sentait mal de l'avoir inquiété. Il avait été trop absorbé par ses propres préoccupations pour penser que Kyle se rendrait compte de son retard.

Ils se rejoignirent et s'arrêtèrent dans un face-à-face maladroit, avant que Kyle ne dise :

— Oh, viens là.

Il ouvrit les bras, et Patrick s'y jeta, surpris et plein d'espoir. Ils se serrèrent très fort.

— Ton nez est gelé, murmura Kyle.

— Mmm.

Patrick prit une profonde inspiration. Le cou de Kyle était chaud et il sentait la fumée de bois et la sueur propre.

— Ça veut dire que je suis pardonné ?

— Peut-être, marmonna Kyle, la voix étouffée par l'épaule de Patrick. Il y avait d'autres choses que tu voulais dire. Donc je vais écouter, si tu veux en parler.

Patrick recula. L'expression de Kyle était prudente, ses défenses toujours en place. Plus que tout, il voulait regagner sa confiance.

— OK. Rentrons à l'appartement. Et je dois d'abord manger quelque chose. Je suis affamé.

— Rentre directement alors – il tendit la clé à Patrick – je vais annoncer à Mme Wilcox que tu n'es pas mort dans un fossé quelque part. Je te rejoindrai bientôt.

· · ·

QUAND ILS FURENT PRÊTS à discuter, ils s'assirent sur le canapé ensemble. Patrick dans un coin et Kyle dans l'autre. Kyle s'installa sur le côté, les jambes croisées, le visage concentré, attendant que Patrick commence.

— Donc... soupira Patrick. J'étais avec un homme qui s'appelait Matt. Nous étions ensemble depuis trois ans et nous avions prévu de nous marier. J'étais fou de lui et je pensais qu'il ressentait la même chose. Nous avions convenu d'être exclusifs, et je lui faisais entièrement confiance.

Il marqua une pause, et Kyle patienta en silence. Il baissa les yeux vers l'endroit où ses mains étaient tordues sur ses genoux, incapable de rencontrer le regard de Kyle.

— Je l'ai cru quand il m'a dit qu'il avait des réunions tardives au travail et j'ai commencé à aller à la salle de sport plus souvent le week-end. Quand j'ai découvert qu'il me trompait avec des types qu'il rencontrait sur des applications de rencontres, je me suis senti tellement stupide. Comment ai-je pu ne rien soupçonner ?

Sa voix se brisa, et il déglutit difficilement, alors que la honte chaude inondait ses joues.

— Il baisait des mecs dans des vestiaires et des voitures pendant que j'étais à la maison à organiser notre mariage comme un idiot.

— Tu n'étais pas un idiot, Patrick. C'était une ordure de menteur et de tricheur ! s'exclama Kyle, et la colère dans son ton fit que Patrick leva finalement les yeux. Quel branleur !

— Oui.

— Comment l'as-tu découvert ?

— Il avait un deuxième téléphone. Je l'ai trouvé dans sa

poche quand je cherchais ses clés de voiture. Il y avait une notification de Grindr dessus. J'ai deviné le code de déverrouillage – qui était mon anniversaire, juste pour ajouter l'insulte à la blessure – et il y avait quelques applications dessus. J'ai parcouru les fils de messages et les choses sont devenues très claires très vite.

Patrick avait encore la nausée en évoquant ces souvenirs. Il baissa de nouveau les yeux, de peur que voir la compassion sur le visage de Kyle ne lui fasse perdre le contrôle.

— Seigneur, Patrick. Je suis vraiment désolé.

Kyle se rapprocha et couvrit les mains de Patrick avec les siennes.

Tournant une main vers le haut, Patrick le laissa entrelacer leurs doigts et les serrer. Il les serra en retour, incapable de parler pendant un moment.

— Pas étonnant que tu aies flippé quand tu as cru que je sortais avec des mecs mariés. C'était un peu trop du vécu pour toi.

Patrick hocha la tête.

— Je ne fais jamais ça, nia Kyle férocement. Et il y a une bonne raison pour cela. Parce que je sais ce que ça fait d'être blessé comme ça aussi.

— C'est vrai ?

Levant les yeux, Patrick fronça les sourcils.

— Que s'est-il passé ?

— Mon premier et seul petit ami sérieux, Chris, m'a fait la même chose. La différence, c'est que je m'en doutais, en fait, j'étais presque sûr que ça se passait. Mais il n'arrêtait pas de le nier. Je voulais le croire, parce que j'étais jeune et stupide et que je pensais être amoureux de lui. Il était beaucoup plus âgé que moi – la quarantaine – et on avait tout ce truc du daddy. J'admirais Chris et je voulais qu'il s'occupe de moi, ce qu'il faisait jusqu'à un certain point. Il me sortait et me gâtait, m'offrait des boissons et me disait à quel point j'étais beau, et il devenait fou de jalousie si un autre gars me regardait. Mais il *travaillait* souvent *tard*, railla Kyle en mimant les guillemets et levant les yeux au ciel. Quel cliché. J'avais donc des soupçons. Mais ce n'est que lorsque je l'ai surpris littéralement le pantalon baissé et la bite dans le cul d'un autre minet que j'ai fini par y croire sans le moindre doute.

— Oh, Kyle. Ça a dû être horrible. Qu'est-ce que tu as fait ?

— Je leur ai crié dessus. Je suis devenu fou et j'ai cassé un tas de ses affaires.

Patrick ricana, bien capable d'imaginer ça avec le caractère de Kyle.

— Sympa.

— Puis j'ai fait mes valises et je suis rentré chez ma mère. Je n'avais que dix-huit ans à l'époque, et elle m'a accueilli à bras ouverts, heureusement.

Kyle prit une inspiration tremblante, et ce fut au tour de Patrick de lui serrer la main.

— Donc tu sais aussi ce que ça fait.

— Oui.

Leurs regards se croisèrent.

— Et c'est pourquoi j'étais si énervé contre toi pour avoir cru que je ferais quelque chose comme ça. Bien sûr, je sors avec beaucoup de gars et je ne fais pas dans les relations, mais je ne rencontre que des hommes qui, je crois, sont célibataires ou dans des relations ouvertes. Je sais que je suis agaçant et que je peux être une salope sarcastique parfois, mais je ne suis pas une personne horrible. Je ne ferais jamais quelque chose délibérément qui pourrait potentiellement causer ce genre de blessure.

Kyle fit une pause, un muscle se contractant dans sa mâchoire avant d'ajouter :

— Que tu puisses penser ça de moi après ce qui s'est passé entre nous... après que j'ai baissé ma garde avec toi. Ça m'a fait mal.

— Je suis désolé.

Patrick se sentait mal, surtout maintenant qu'il savait que Kyle avait vécu quelque chose de similaire à lui. Cela lui donnait une nouvelle perspective sur les raisons pour lesquelles Kyle se comportait comme il le faisait.

— C'est pour ça que tu évites les relations ?

Kyle hocha la tête.

— Oui. Je ne veux plus jamais être blessé comme ça.

Patrick soupira.

— Je peux comprendre. Je me suis toujours dit que je voulais être dans une relation. Mais ça fait onze mois que nous sommes séparés, et je n'ai fait aucun effort pour rencontrer quelqu'un de nouveau. J'ai du mal à m'imaginer faire ce saut dans l'inconnu.

— Exactement.

— Nous avons donc tous deux été blessés auparavant, dit Patrick.

Kyle laissa échapper un rire, qui avait l'air plus amer qu'amusé.

— Et on est tous les deux dans la merde à cause de ça.

Il y eut une longue pause

— Qu'est-ce que ça signifie pour nous ? finit par

demander Patrick.

Kyle haussa les sourcils.

— Y a-t-il un nous ? hésita-t-il d'un ton méfiant.

Rassemblant son courage, Patrick décida d'être honnête.

— Je pense que c'est possible. J'aimerais qu'il y ait un nous... si tu le veux aussi ?

Il attendit, le cœur battant fort, tandis que Kyle le fixait, l'expression impossible à lire.

— Je ne sais pas, murmura Kyle, et l'estomac de Patrick se creusa de déception.

— Peu importe. Je n'aurais pas dû...

— Attends. Je n'ai pas fini, l'interrompit Kyle, le visage intense alors qu'il serrait la main de Patrick si fort que ça lui fit mal. Je pense que j'en *ai* envie, mais je suis aussi terrifié à l'idée de le faire. Tu es la première personne depuis Chris, qui me donne envie de faire plus qu'une simple baise rapide. Tu m'as montré ce qu'étaient la connexion et l'intimité. Mais j'ai été fermé pendant si longtemps que je ne sais pas si je peux le supporter.

L'espoir renaissant, Patrick dit :

— Au moins, nous sommes tous les deux dans le même bateau. On pourrait essayer ensemble, en se promettant d'être honnêtes l'un envers l'autre.

— Alors, qu'est-ce que tu veux ? Que nous soyons exclusifs ?

— Oui. Les relations libres ne sont pas pour moi. J'ai essayé une fois et je ne l'ai pas supporté. Si nous décidons d'être ensemble, je te veux pour moi tout seul.

Une poussée de possessivité l'envahit.

Kyle sourit, haussant un sourcil.

— Ah oui ?

— Oui.

Patrick retira une de ses mains de l'endroit où elles étaient entrelacées avec celles de Kyle et la leva pour prendre la mâchoire de Kyle en coupe.

— Si tu veux être mon petit ami, tu n'as pas le droit de jouer avec quelqu'un d'autre, exigea-t-il en le regardant dans les yeux.

Les pupilles de Kyle s'élargirent et il se lécha les lèvres.

— Ça me convient.

— Alors c'est un oui pour essayer ? Être un nous ?

Le sourire de Kyle fut large et brillant.

— Oui. Putain, *oui*.

Il se jeta alors sur les genoux de Patrick et l'embrassa avec ferveur. Les mains de Patrick se déplacèrent vers ses fesses, comme si elles y étaient attirées par des aimants invisibles. Il pressait et caressait, tandis que Kyle emmêlait ses doigts dans les cheveux de Patrick. Ils s'embrassèrent jusqu'à en avoir le souffle coupé.

Faisant glisser ses lèvres le long de la mâchoire de Kyle jusqu'à son cou, Patrick murmura :

— Mon Dieu, j'ai tellement envie de toi.

— Moi aussi.

Kyle fléchit ses hanches, s'écrasant sur l'érection de Patrick.

Patrick défit la braguette de Kyle, libérant son sexe et le caressant d'une main, tandis qu'il enfonçait son autre main dans le dos du jean et du sous-vêtement de Kyle, cherchant son anus avec un doigt.

Kyle siffla, repoussant avidement contre lui.

— Si impatient, gloussa Patrick.

— Oui. Très.

Kyle tendit le bras pour commencer à s'acharner sur le bouton et la fermeture éclair de Patrick, mais c'était trop gênant.

— Attends... laisse-moi...

Il se dégagea de l'emprise de Patrick et se mit à genoux.

— Sors ta queue pour moi.

Les joues rouges, l'expression pressante, il était si sexy. Ça rendait Patrick fou quand il était soumis comme ça, le suppliant pour obtenir plus.

Posant sa main sur sa braguette, Patrick dit avec un sourire taquin :

— Les bons garçons disent s'il te plaît.

La chaleur embrasa les yeux de Kyle.

— S'il te plaît.

Patrick se leva, puis détacha son bouton et fit glisser la fermeture éclair vers le bas pendant que Kyle attendait, les lèvres entrouvertes, le regard fixé sur l'entrejambe de Patrick. Lorsqu'il repoussa ses vêtements pour libérer son érection, Kyle voulut la prendre dans sa bouche, mais Patrick empoigna ses cheveux pour l'arrêter.

— Est-ce que j'ai dit que tu pouvais déjà l'avoir ? demanda-t-il en prenant une voix sévère.

— Non, dit immédiatement Kyle. Je suis désolé.

S'asseyant sur ses talons, il leva les yeux vers Patrick, une lueur malicieuse le trahissant alors qu'il essayait d'avoir l'air contrit.

Patrick prit sa verge en main et la caressa.

Les yeux de Kyle suivirent le mouvement et il se lécha de nouveau les lèvres. Son membre était dur, dressé devant lui sans être touché.

— S'il te plaît ! répéta-t-il, l'air vraiment désespéré cette fois.

Sa bouche entrouverte était trop tentante pour que Patrick résiste à l'envie de l'utiliser. Il guida le bout de son sexe vers les lèvres de Kyle et les frotta. Kyle ouvrit plus largement, offrant plus, mais Patrick combattit l'envie de s'enfoncer immédiatement. Les torturant tous les deux, il laissa son liquide séminal mouiller les lèvres de Kyle tout en continuant à frotter lentement. Kyle gémit, tirant la langue pour le goûter. Le mouvement de sa main attira l'attention de Patrick.

— Non, gronda-t-il, alors que Kyle se masturbait. Tu veux me sucer ? Concentre-toi sur ma queue, pas sur la tienne.

Et il s'autorisa finalement à pénétrer la chaleur lisse et chaude de la bouche de Kyle.

Kyle gémit, le suçant avec force, et Patrick ne sut pas si c'était avec plaisir ou frustration. Probablement les deux. Il prit la tête de Kyle entre ses mains et baisa sa bouche.

— Regarde-moi.

Kyle leva les yeux, verrouillant son regard au sien, la bouche pleine.

— C'est mieux.

Relâchant sa prise, Patrick laissa Kyle prendre le contrôle un moment, appréciant le glissement de ses lèvres et l'agitation de sa langue. Au début, Kyle garda ses mains derrière son dos, puis il les déplaça pour les poser sur ses cuisses, les poings serrés. Sous le regard de Patrick, ses yeux se fermèrent et sa main droite se déplaça vers l'intérieur jusqu'à ce que son pouce frotte légèrement contre son gland.

— Bas les pattes, exigea Patrick.

Les yeux de Kyle s'ouvrirent et il fixa Patrick, les joues rouges. Il n'arrêta pas de sucer, mais empoigna délibérément sa propre érection dans sa main et commença à se caresser, le regard rivé sur Patrick, les sourcils haussés comme pour dire : « *qu'est-ce que tu vas faire à ce sujet ?* ».

C'était un défi clair, et Patrick comprit ce que Kyle voulait.

— Quelqu'un veut une fessée.

Laissant le sexe de Patrick glisser de sa bouche, tout en se caressant, il répondit :

— Je pense que je le mérite.

Patrick remonta son jean, sans prendre la peine de le boutonner.

— Lève-toi et agenouille-toi sur le dossier du canapé. Jean et sous-vêtements autour des genoux.

Kyle bougea avec empressement, prenant la position que Patrick avait demandée. Au moment où Patrick allait commencer, il le regarda par-dessus son épaule.

— Tu dois baptiser ton cadeau de Noël.

Oh. Patrick avait oublié ça. C'était l'occasion rêvée.

— Reste où tu es.

Il fouilla dans son sac et en sortit la cuillère en bois. La testant sur sa paume en revenant se placer derrière Kyle, il estima que ça pouvait faire un peu plus mal que sa main, donc il devrait être prudent.

— Tu es prêt ? Si c'est trop douloureux, dis-le-moi immédiatement. Dis juste stop et j'arrête.

— OK.

Kyle s'agrippa au dossier du canapé.

La première frappe de Patrick fut prudente.

— Comme ça ?

— Je l'ai à peine senti.

À peine. Essayant à nouveau, Patrick frappa plus fort. Cette fois, Kyle tressaillit et laissa échapper un sifflement.

— Trop ? demanda Patrick.

— Non.

Patrick continua avec la même intensité, observant attentivement les réactions de Kyle. Ses articulations étaient blanches là où il s'agrippait au canapé, mais il avait cessé de reculer sous les coups. Patrick vérifia sa hampe et constata qu'elle était toujours dure.

— Tu es une petite salope qui aime la douleur.

— Oui, haleta Kyle en poussant un petit rire. Encore ?

— C'est censé être une punition, tu sais, fit remarquer Patrick, amusé.

Bien sûr, c'était le jeu, mais s'il n'était pas sûr que Kyle aimait ça autant que lui, alors il ne voudrait pas le faire. Il lui donna quelques fessées supplémentaires avec la cuillère.

Kyle gémit, poussant son érection dans la prise de Patrick.

— S'il te plaît.

— S'il te plaît quoi ?

Une autre fessée.

— S'il te plaît, tu vas me baiser maintenant ?

Sa voix rauque et teintée de besoin alla droit dans les bourses de Patrick.

— Vu que tu me l'as demandé si gentiment. Déshabille-toi. Je te veux nu.

Patrick se précipita dans la salle de bain pour fouiller

dans le sac de toilette de Kyle. Quand il revint dans le salon, il se figea.

— Bon sang. Tu es incroyablement sexy comme ça.

Kyle était nu à présent et avait repris sa position sur le canapé, tête baissée, bras calés. Patrick s'avança lentement vers lui, profitant de la vue. Posant le lubrifiant et un préservatif sur le coussin du canapé, il prit le cul de Kyle dans ses paumes, sentant la chaleur de sa peau là où elle était devenue rouge sous les coups de cuillère.

En gémissant, Kyle écarta les jambes, s'ouvrant ainsi à lui.

— Putain. Kyle.

La vue de son orifice rendit Patrick trop désespéré pour attendre plus longtemps. Se moquer de Kyle ne serait que de la torture pour lui-même. Il baissa son pantalon et son caleçon, juste assez pour libérer son membre et dérouler le préservatif, puis attrapa le lubrifiant et en versa un peu dans sa paume.

— Allez, supplia Kyle en regardant par-dessus son épaule, pendant que Patrick étalait le lubrifiant sur son érection.

Le glissement de sa main était agréable, mais ce n'était rien comparé à la sensation d'écrasement lorsqu'il s'aligna et poussa fort dans la chaleur serrée de Kyle. Il gémit, un son arraché lorsque Kyle se contracta autour de lui et cria.

— Ça va ? demanda-t-il en s'immobilisant, les testicules bien calés, prêt à bouger, mais attendant le feu vert.

— Ouais. Vas-y.

Ce fut juste la permission dont Patrick avait besoin. Il se retira et plongea en lui, puis agrippa ses hanches et recommença, encore et encore. Bientôt, réalisant qu'il n'allait pas pouvoir tenir beaucoup plus longtemps, il dit, à bout de souffle :

— Tu peux te branler maintenant.

— Je le fais déjà, haleta Kyle, d'une voix tendue. Putain. Ne t'arrête pas.

— Je n'en ai pas l'intention.

Patrick espérait qu'il pourrait tenir assez longtemps. Son orgasme était comme une bombe à retardement, prête à exploser à tout moment.

— Plus fort. Je suis si proche, juste un peu plus, oh…

Les mots de Kyle se transformèrent en un gémissement de jouissance.

— Putain, *oui*.

Envoyant une prière de remerciement à l'univers, Patrick s'abandonna à l'éclair béat du plaisir pur, explosant si fort que ses jambes faillirent se dérober sous lui.

— Dieu merci, ce canapé est en cuir, souffla Kyle.

— Hein ?

Avec son cerveau toujours coincé quelque part dans ses bourses, Patrick ne savait pas trop pourquoi Kyle parlait soudainement ameublement.

— C'est propre comme un linge. J'ai joui partout.

— Oh, gloussa Patrick. Ouais. Oups.

Prenant cela comme un signal pour bouger, il se dégagea prudemment de Kyle et tituba jusqu'à la salle de bain sur des jambes tremblantes pour se débarrasser du préservatif. Il revint avec plusieurs feuilles de papier toilette, en tendit la moitié à Kyle et commença à éponger les traces blanches sur le cuir brun avec le reste du papier.

— Envie d'une douche ? demanda-t-il quand il eut fini.

— Oui. Tu peux y aller en premier si tu veux.

— Je pensais qu'on pourrait se doucher ensemble.

Kyle sourit.

— Tu es sûr ? Ce sera assez petit.

Ne voulant pas perdre la nouvelle intimité entre eux, Patrick s'approcha et embrassa Kyle sur les lèvres.

— Ça me va.

DIX-HUIT

Kyle jeta un nouveau coup d'œil à Patrick, appréciant la façon dont son cœur faisait volte-face chaque fois qu'il se rappelait qu'ils étaient ensemble désormais. Après leur douche, Patrick avait étalé un peu du gel d'aloès qu'il lui avait offert pour Noël sur la peau tendre de son postérieur douloureux. La fraîcheur avait enlevé une partie de la douleur, mais Kyle pouvait encore la sentir chaque fois qu'il changeait de position sur le canapé.

Une fois tous deux habillés, ils avaient mangé un peu de ce qui leur restait et passé le reste de la soirée enlacés devant la télévision. C'était étrangement naturel d'avoir le bras de Patrick autour de lui, sa main sur la cuisse de Patrick et sa tête sur son épaule. Les baisers occasionnels qu'ils échangeaient étaient comme des promesses, des rappels que les limites avaient changé. De temps en temps, Kyle avait un moment de doute.

Est-ce que c'est bien ? Est-ce que c'est vraiment ce que je veux ? Et si... ?

Mais alors, il regardait Patrick, voulant qu'il se tourne

jusqu'à ce que Patrick le regarde et lui sourit, et l'affection dans ses yeux le rassurait à chaque fois.

Finalement, ils commencèrent tous les deux à bâiller et quand Patrick suggéra « c'est l'heure de dormir ? », Kyle fut très heureux d'accepter.

Lorsqu'ils se retrouvèrent dans le lit ensemble, Patrick sur le dos et Kyle lové à côté de lui, ce dernier demanda :

— Est-ce qu'on va le dire aux gens au travail ?

— C'est ce que tu veux ?

— Peut-être pas au début. On peut voir comment les choses évoluent ? Sauf si tu penses qu'on devrait le dire à Brian.

L'anxiété le balaya à cette pensée. Même si leur patron serait heureux qu'ils s'entendent mieux, il ne serait peut-être pas ravi qu'ils soient ensemble.

— Ce n'est pas nécessaire. Nous ne travaillerons plus en étroite collaboration. Ce n'est l'affaire de personne d'autre, sauf si ça affecte notre travail.

— Je suis sûr que nous pouvons garder les choses professionnelles, dit Kyle. Je peux garder ma queue dans mon pantalon au bureau, si tu le peux aussi.

Un souffle silencieux d'amusement fit se soulever la poitrine de Patrick.

— C'est probablement mieux ainsi.

— Et si je te fais chier au boulot, tu devras garder la fessée pour le soir. C'est dommage, parce que l'idée que tu me donnes une fessée sur ton bureau au travail est plutôt sexy.

— Mmm, ronronna Patrick. Mais j'ai un bureau à la maison que nous pouvons utiliser pour ça.

— Tu porteras ton costume ?

— Si tu portes le tien.

— Marché conclu.

Kyle sourit en l'imaginant.

— Je vais devoir m'assurer que je trouve plein de façons de t'ennuyer alors.

— Je suis sûr que tu y arriveras.

Patrick resserra son bras autour de Kyle et pressa un baiser sur ses cheveux.

— Sale gosse.

Presque endormi, Kyle laissa échapper un soupir heureux et laissa le silence s'installer autour d'eux, le seul son étant le souffle tranquille de leur respiration et le battement régulier du cœur de Patrick.

Mardi 27 décembre

Ils firent la grasse matinée le lendemain matin – probablement parce qu'ils s'étaient réveillés aux petites heures du matin et s'étaient fait des fellations avant de se rendormir – et Kyle fut finalement réveillé par Patrick, qui se glissait hors du lit et descendait l'échelle.

— Où est-ce que tu te faufiles ? demanda Kyle d'un ton endormi.

— Désolé, je ne voulais pas te réveiller.

— Tu ne vas pas courir, n'est-ce pas ?

— Définitivement pas, gloussa Patrick en jetant un coup d'œil par-dessus le bord du lit en souriant. On ne se débarrasse pas de moi si facilement. J'allais dehors, où il y a du réseau, pour appeler l'assistance dépannage.

— Oh. OK.

Kyle avait l'impression que du sable s'écoulait dans un

sablier, ce temps précieux passé ensemble filait rapidement. Il se recoucha, pendant que Patrick s'habillait.

Même s'ils avaient convenu de poursuivre leur aventure une fois rentrés chez eux, Kyle ne pouvait s'empêcher d'avoir peur que ça change. Ils étaient dans une petite bulle ici, en dehors de leurs vies normales. Coincés ensemble avec peu d'autres distractions, il avait été facile de se concentrer sur l'autre, de se défaire de leurs rôles de mentor et de stagiaire, d'oublier qu'ils étaient collègues. Le fait d'être ensemble vingt-quatre heures sur vingt-quatre avait mené leur relation à une intensité qu'elle n'aurait jamais atteinte dans des circonstances normales.

Et si elle ne résistait pas à l'épreuve de la réalité ? Comment cela allait-il fonctionner ? Auraient-ils des rendez-vous ? Est-ce qu'ils dormiraient ensemble la nuit ? Si oui, à quelle fréquence ?

Il y avait tellement d'inconnues. Kyle n'aimait pas l'incertitude, mais il ne voulait pas non plus mettre trop de pression sur Patrick.

— Je ne serai pas long, annonça Patrick, interrompant ses ruminations.

— Tu reviens un peu au lit après ?

— Bien sûr.

Patrick fut de retour au bout de dix minutes environ. Kyle venait de s'assoupir de nouveau, recroquevillé sur le côté, face au mur, lorsqu'il entendit la porte s'ouvrir et se refermer, et le bruit de Patrick, qui se débarrassait de ses vêtements – et les faisait probablement tomber sur le sol, le connaissant.

Une fois en caleçon, Patrick grimpa l'échelle.

— Pousse-toi.

Kyle glapit quand une main glacée entra en contact avec son cul.

— Putain, tu es gelé !

— Désolé, dit Patrick, mais il n'avait pas l'air très penaud.

— Alors, quelles sont les nouvelles pour l'assistance ? interrogea Kyle en essayant d'ignorer les doutes qui réclamaient encore de l'attention dans sa tête.

— Ils peuvent nous rejoindre aujourd'hui vers midi et ils nous ramèneront chez nous, s'ils ne peuvent pas réparer la voiture sur le bord de la route.

— Oh.

Au lieu d'être soulagé par cette nouvelle, Kyle ressentit un étrange sentiment de vide.

— Quelle heure est-il ?

— Neuf heures et demie.

Kyle se retourna et passa ses bras autour de Patrick, se blottissant dans sa position préférée, la tête sur sa poitrine. Essayant de repousser les peurs qui s'accumulaient dans son cerveau, il respira l'odeur de la peau de Patrick, mais ses pensées ne voulaient pas se taire.

Comme si Patrick pouvait sentir son humeur, il enroula son bras autour de Kyle, le serrant contre lui.

— Qu'est-ce qu'il y a ?

— Je ne sais pas. Je m'inquiète un peu de la façon dont on va s'adapter à la maison et comment on va concilier notre relation avec le fait de travailler ensemble et tout ça.

Il serra Kyle plus fort, déposant un baiser sur le sommet de sa tête.

— On va s'arranger. J'ai un bon pressentiment à ce sujet.

— Ah oui ?

Kyle inclina la tête pour croiser le regard de Patrick et sourit, appréciant la certitude qu'il dégageait.

Patrick lui sourit en retour, chaleureux et plein d'affection.

— Oui. Nous allons prendre les choses au jour le jour.

APRÈS AVOIR EMBALLÉ LEURS AFFAIRES, ils allèrent voir Mme Wilcox pour lui dire qu'ils allaient partir plus tard.

— Oh, je suis contente que vous puissiez rentrer chez vous. Mais, en même temps, je suis désolée de vous voir partir. Dex aussi.

Aujourd'hui, le chien les avait tous les deux accueillis en remuant la queue et en leur léchant la main et avait à peine aboyé quand ils avaient frappé à la porte.

— Tout va de nouveau bien entre vous ? demanda-t-elle, regardant l'endroit où ils se tenaient proches, leurs coudes se touchant.

— Oui, répondit Kyle, et il fut récompensé par un sourire qui fit danser ses yeux.

— Je suis contente.

Patrick se racla la gorge.

— Hum. Est-ce qu'on peut emmener Dex faire un tour avant de partir ? On doit marcher jusqu'au magasin de toute façon, parce que Kyle doit rendre des bottes à Mike.

— Ce serait génial, merci. Et vous pourrez rester pour une petite tasse de thé, si vous avez le temps ?

En regardant sa montre, Patrick vit qu'ils avaient

encore une heure avant que l'assistance ne vienne les chercher.

— Absolument.

— Qu'est-ce qu'elle t'a dit hier soir ? interrogea Patrick, alors qu'ils descendaient l'allée avec Dex.

— Elle m'a dit que tu étais un homme bon et m'a encouragé à te donner une chance.

Patrick sourit.

— Je devrais lui acheter des fleurs.

— On le devrait tous les deux.

Kyle lui prit la main, alors qu'ils tournaient sur la route principale du village et se dirigeaient vers le magasin.

Mike était derrière le comptoir quand ils entrèrent.

— Bonjour, messieurs. Comment allez-vous ?

— Bien merci, répondit Kyle. Merci beaucoup pour les bottes.

Il les rendit, les regrettant déjà avec ses propres bottes stupides, humides et froides à cause de la neige fondue.

— De rien, mon garçon. Je suis heureux d'avoir pu aider. Vous avez passé un bon Noël ?

— Oui, merci.

C'était mieux que ce que Kyle aurait pu imaginer.

— Nous avons passé beaucoup de temps avec Mme Wilcox, ajouta Patrick.

— Ah, comment va-t-elle ? A-t-elle tout ce dont elle a besoin ? Bien que je pense que son fils pourra bientôt lui rendre visite, maintenant que la neige a fondu.

— Elle devrait tenir pendant un jour ou deux, informa Kyle. Mais elle pourrait apprécier que vous sortiez Dex. C'est difficile pour elle d'aller loin, et Dex est le genre de chien qui a besoin d'exercice.

— Pas de problème. Je peux demander à ma femme de s'occuper du magasin et sortir le promener.

— Bon, eh bien...

Patrick tendit une main à Mike pour la serrer.

— Je suppose que c'est un au revoir alors. Merci pour tout, Mike.

— Au revoir. J'espère que votre voyage de retour se passera bien.

Mike serra la main de Patrick, puis celle de Kyle.

— Vous reviendrez un jour ? Si vous êtes de nouveau dans le coin, passez me voir.

— On reviendra peut-être en été. J'adorerais faire des randonnées sans neige, dit Patrick, puis il sourit à Kyle. Mais d'ici là, nous devrons nous assurer que Kyle aura une bonne paire de chaussures de marche.

La chaleur remplit Kyle en entendant la facilité avec laquelle Patrick avait supposé qu'ils seraient encore ensemble si loin dans le futur.

Il espérait que ce serait vrai.

APRÈS UNE TASSE de thé et plusieurs biscuits chacun avec Mme Wilcox, ils prirent congé. Elle les serra très fort dans ses bras en leur disant qu'ils étaient les bienvenus à tout moment.

— Faites-moi savoir si vous pensez revenir, je garderai l'appartement libre pour vous.

Elle avait déjà refusé de les laisser la payer pour les nuits qu'ils avaient passées ici, insistant sur le fait qu'ils avaient fait assez pour elle pour gagner leur logement.

— Ce serait merveilleux, merci, dit Patrick. Nous pourrions vous prendre au mot.

— Oui, certainement.

Kyle était d'accord. Il aimait l'idée de revenir ici ensemble. Il serait intéressant de voir à quoi ressemble Langbeck quand elle n'était pas recouverte de neige.

— Bon voyage.

— Prenez soin de vous, ajouta Kyle en la serrant à nouveau dans ses bras, puis il s'accroupit pour caresser Dex qui gémissait, semblant savoir qu'ils étaient sur le point de partir. On se reverra, mon pote.

Mme Wilcox se tint à sa porte avec Dex à ses côtés, les regardant partir. Ils s'étaient arrangés pour rencontrer le camion de dépannage au pub, car il serait plus facile pour le chauffeur de le trouver. Au bout de l'allée, ils se retournèrent et lui firent un signe de la main, et elle les salua en retour.

LE DÉPANNEUR de l'assistance put réparer la voiture de Kyle sur le bord de la route. Il s'avéra que c'était un problème relativement simple avec l'échappement. Il leur expliqua, mais Kyle ne comprit pas vraiment tous les détails. Apparemment, c'était quelque chose qui arrivait de temps en temps, même avec des voitures neuves.

— Vous n'avez pas eu de chance, dit l'homme. Il y avait une chance sur mille que ça se produise, probablement. Et vous êtes encore plus malchanceux que ça soit arrivé juste avant Noël, dans la neige. Ça a dû être une vraie souffrance pour vous, les gars, d'être coincés ici au lieu d'être chez vous avec vos familles.

— Oh, ce n'était pas si mal, assura Kyle avec un regard rapide à Patrick, qui lui fit un clin d'œil.

— Eh bien, je suis désolé que nous n'ayons pas pu vous ramener à la maison à temps. Bon, je ferais mieux d'y aller. Conduisez prudemment.

Il leur fit un signe de la main en montant dans la cabine de son camion.

— Vous aussi. Au revoir.

Ils le regardèrent partir.

— Bien. Tu es prêt à partir ? demanda Kyle.

— Oui. Tu veux conduire ?

— Bien sûr.

Kyle s'installa sur le siège conducteur, tandis que Patrick ouvrait la portière passager.

L'homme de l'assistance les avait aidés à enlever la neige qui s'était accumulée autour des roues et les avait remorqués sur la route. Il y avait encore quelques plaques de glace, mais une grande partie du bitume était à nouveau visible. Il leur avait assuré que la route principale avait été déneigée et salée et qu'elle était totalement dégagée, donc la seule partie délicate serait les premiers kilomètres.

Kyle tourna la clé et le moteur ronronna magnifiquement. Il passa la vitesse et s'éloigna.

— Tu veux vraiment qu'on revienne ensemble cet été ? demanda Kyle en conduisant prudemment sur l'étroite route de campagne.

— J'en serais ravi. Et toi ?

— Oui. Juste... c'est un long chemin à parcourir. Je suppose que nous devrons voir comment ça se passe.

C'était difficile pour Kyle de s'imaginer aussi loin, mais il voulait que ça arrive. L'idée que Patrick et lui reviennent par choix – et non parce qu'ils étaient coincés ensemble – était comme une balise à viser alors qu'ils naviguaient dans leur relation naissante.

— Je pense qu'on y arrivera, assura Patrick en lui lançant un regard en biais et en lui adressant un sourire encourageant. Je parie là-dessus en fait.

— Combien ?

— Un dîner au Huntsman ?

— Pari tenu.

Kyle sourit.

ÉPILOGUE

Huit mois plus tard

— C'est encore loin ? grommela Kyle. Mes pieds me font mal.

— Environ 800 mètres. Tu te débrouilles très bien ; c'est de loin la plus longue randonnée que nous ayons faite ensemble, le félicita Patrick, utilisant son ton le plus encourageant, celui qui remontait Kyle quand il était de cette humeur.

— Sans déconner.

Il jeta un regard à Patrick, qui lui sourit, ce qui rendit Kyle encore plus agacé.

C'était injuste que Patrick ait encore du ressort dans sa démarche après une journée entière de marche. Les pieds de Kyle ressemblaient à des morceaux de plomb meurtris, et ses jambes tremblaient littéralement à force de descendre la dernière pente raide de la colline qu'ils avaient gravie. C'était ironique que la descente soit aussi difficile que la montée. Ses jambes avaient juste mal à des endroits différents.

— Ça n'en valait pas la peine ? La vue du sommet était incroyable.

— Ouais. C'était bien, je suppose.

Patrick donna une tape rapide sur le cul de Kyle.

— Arrête d'être lunatique. Je te ferai un massage des pieds plus tard.

Cette randonnée avait été incroyable, même si Kyle avait râlé presque tout le long du chemin incroyablement long et raide qui menait à une crête. Une fois au sommet, il avait pu comprendre pourquoi Patrick aimait tant la marche en montagne. Ils avaient eu la chance d'avoir un temps clair, et lorsqu'ils marchèrent sur la pente plus douce de la crête, le paysage de Lake District s'étendit de chaque côté d'eux dans toute sa splendeur. Des collines peintes dans des tons de vert et de brun, entrecoupées d'éclairs de bleu où l'eau reflétait le ciel.

Ils s'étaient arrêtés pour manger leur déjeuner près du point trigonométrique, profitant de la brise dans leurs cheveux et de la chaleur du soleil sur leurs visages.

Kyle avait hâte de redescendre, pensant, à tort, que ce serait la partie facile. Mais après deux heures de descente sur un chemin raide et rocailleux, ses quadriceps brûlaient. Maintenant, sur la dernière pente plus douce, la douleur dans ses jambes s'était suffisamment atténuée pour que la douleur dans ses pieds soit plus apparente.

— Pourquoi tu n'as pas mal aux pieds toi aussi ? grommela-t-il.

— J'ai mal. C'est juste que je ne m'en plains pas, parce que quel est l'intérêt de se concentrer sur ça quand je peux me concentrer sur toutes les bonnes choses de la promenade à la place ?

— Hmm.

Kyle n'allait pas admettre que Patrick avait raison.

Patrick lui prit la main.

— Regarde, on peut voir la voiture maintenant.

Bien sûr, en dessous d'eux, le toit argenté de la BMW de Kyle scintillait au soleil.

— Merci, putain.

Sa vue redonna de l'énergie aux membres fatigués de Kyle, et il accéléra le rythme.

Quand ils atteignirent finalement la voiture, il la déverrouilla et lança les clés à Patrick.

— Tu peux conduire. Je ne pense pas que mes jambes puissent le supporter.

Il jeta son sac à dos dans le coffre, puis ouvrit la portière passager et s'effondra avec reconnaissance sur le siège, enlevant ses chaussures de marche pour frotter ses pieds.

Patrick s'assit sur le siège conducteur et se pencha pour saisir la mâchoire de Kyle et lui tourner la tête pour l'embrasser.

— Bien joué. Tu viens de gravir le plus haut sommet de la région des lacs.

N'ayant plus de marche à faire, du moins jusqu'à demain, Kyle récompensa finalement Patrick d'un sourire et admit à contrecœur :

— Ouais. C'était plutôt cool.

ILS SE GARÈRENT devant le cottage de Mme Wilcox, firent le tour du chemin et traversèrent le jardin à l'arrière jusqu'à leur appartement – Kyle le considérait comme le sien, même s'il était régulièrement loué à des vacanciers en cette saison estivale.

C'était leur troisième séjour depuis Noël. Ils étaient déjà venus à Pâques, ainsi que pour un long week-end en juin. Maintenant, en août, ils revenaient pour une semaine entière cette fois, le voyage ayant été planifié pour coïncider avec une date importante.

— Tu as la clé ? demanda Kyle.

Patrick la lui tendit, et Kyle les fit entrer. Déchaussant ses bottes à la porte, il se dirigea directement vers le canapé et s'y allongea, les pieds repliés et la tête sur un coussin.

Les coussins étaient l'une des nouveautés, ainsi qu'une moquette à poils épais et un tapis, une table basse, une petite table au bout de la cuisine, et quelques aquarelles sur les murs fraîchement peints.

— Où est-ce que je suis censé m'asseoir ? railla Patrick.

Kyle leva ses jambes et pointa l'extrémité du canapé avec son doigt.

— Ici. L'endroit parfait pour me faire un massage des pieds.

— Tes pieds vont être tout transpirants. Tu ne veux pas te doucher d'abord ?

— Non. Trop fatigué.

— OK. Je vais d'abord faire du thé. Tu en veux un ?

— Oui, s'il te plaît, accepta Kyle en reposant ses jambes. Et j'ai besoin de biscuits aussi.

— Si exigeant, soupira Patrick, mais sa voix était affectueuse.

— Je sais. Je ne comprends pas pourquoi tu me supportes.

— Parce que ton cul est mignon.

Kyle rigola.

— C'est vrai.

Lorsque Patrick revint avec des tasses de thé, un paquet de cookies aux pépites de chocolat et un pot de crème pour les pieds à la menthe poivrée, Kyle leva les jambes pour que Patrick puisse s'asseoir.

Patrick enleva les chaussettes de Kyle et les jeta sur le sol, puis il prit de la lotion dans le pot et l'étala sur la voûte plantaire de Kyle.

— Mmm.

Kyle ferma les yeux.

— Est-ce que ça fait du bien ?

— Parfait.

PATRICK TAMBOURINA ses doigts avec impatience sur sa cuisse et vérifia de nouveau l'heure sur sa montre.

— Dépêche-toi, ou nous allons être en retard.

Déjà habillé, chaussures aux pieds, avec une bouteille de vin, une boîte de chocolats et un gros bouquet de roses roses sur la table basse devant lui, il attendait Kyle, qui était encore en train de s'agiter dans la salle de bain.

— Je suis presque prêt. J'essaie juste d'arranger mes cheveux, marmonna Kyle.

Kyle mettait toujours des heures à se préparer pour sortir, et ça rendait Patrick fou. Il semblait incapable de prévoir le temps supplémentaire dont il avait besoin pour se coiffer et changer quatre fois de vêtements jusqu'à ce qu'il soit satisfait de sa tenue. Levant les yeux au ciel, Patrick ne répondit pas. Au lieu de cela, il respira calmement et se concentra sur ses mots croisés.

Après quelques minutes, il posa le journal de côté et alla voir ce que faisait son petit ami.

Penché au-dessus du lavabo, ne portant qu'un slip blanc moulant – autant dire qu'il était presque prêt – Kyle malmenait du bout des doigts les épis de ses cheveux et fronçait les sourcils en regardant son reflet.

— Tes cheveux sont superbes, assura Patrick, et c'était la vérité.

Kyle avait toujours l'air impeccable, même si le perfectionniste en lui n'était jamais satisfait.

— Mais tu dois repenser ta tenue.

— Ha ha. Très drôle, railla Kyle tout en continuant à se décoiffer.

Son joli cul qui dépassait était bien trop tentant pour que Patrick y résiste. Rapide comme l'éclair, il baissa le slip de Kyle et lui donna deux claques, une sur chaque fesse, en les ponctuant des mots :

— Dépêche-toi. Dépêche-toi.

— Aïe ! glapit Kyle. OK, OK. Je me dépêche.

Se détournant du lavabo, il remonta son slip. Patrick ne put s'empêcher de remarquer la bosse grandissante sur le devant. La fessée excitait toujours Kyle, et Patrick aimait sa réaction immédiate. Cela l'excitait aussi, mais il ignora la montée du désir. Ils allaient déjà être en retard, alors cela devrait attendre.

Il se tenait près de la porte d'entrée, du vin sous un bras et des chocolats à la main, observant Kyle qui s'habillait d'un jean skinny clair et d'une chemise blanche à manches courtes avec un imprimé cachemire gris et bleu. Finalement, Kyle enfila des mocassins et se tourna vers Patrick.

— Comment je suis... ?

— Tu es magnifique, comme toujours. Nous partons. N'oublie pas de récupérer les fleurs.

Patrick ouvrit la porte et attendit.

— Merci, chéri. Toi aussi, tu es magnifique.

Kyle sourit et embrassa Patrick sur la joue en passant devant lui, se dirigeant vers le jardin.

La porte arrière du chalet était ouverte, et alors que Patrick et Kyle marchaient sur le chemin, Dex sortit en courant, suivi d'un bambin aux cheveux de la couleur du maïs mûr au soleil, qui gloussait joyeusement, les mains tendues.

— Will ! appela l'homme qui le suivait. Attends Grand-père !

Kyle le reconnut immédiatement comme étant le fils de Mme Wilcox, John, d'après les photos dans son cottage.

Will – qui avait vraisemblablement été nommé d'après son arrière-grand-père – s'arrêta net au bruit des pieds de Patrick et Kyle sur le gravier et leva la tête vers eux, les yeux bleus ronds et curieux.

— Bonjour, dit Patrick à l'enfant en s'accroupissant pour caresser Dex, qui avait couru pour le saluer.

— 'Jour.

Will les regarda d'un air méfiant et se rapprocha de Dex. Il tendit une main potelée et caressa la fourrure de Dex.

— Salut, s'exclama joyeusement l'homme, offrant sa main à Kyle. Vous devez être Kyle et Patrick. J'ai beaucoup entendu parler de vous. C'est merveilleux de vous rencontrer enfin tous les deux. Je m'appelle John.

— Je suis Kyle, et lui c'est Patrick.

— Salut, John, dit Patrick en s'avançant pour lui serrer la main. Heureux de vous rencontrer.

— Je ne pourrai jamais assez vous remercier pour ce que vous avez fait pour ma mère à Noël. Vous avez fait une telle différence.

— Elle nous a aussi aidés à nous sortir d'un mauvais pas, admit Patrick. Nous étions désespérément à la recherche d'un endroit où loger.

— Pas de chambre à l'auberge ? supposa John en souriant.

— Quelque chose comme ça.

— Quoi qu'il en soit, tout le monde est arrivé, il est donc temps de porter un toast. Allons à l'intérieur. Je sais que Maman meurt d'envie de vous présenter à tout le monde. Viens, Will. On va rentrer un peu.

Will sortit sa lèvre inférieure et fronça les sourcils, pas très chaud pour ce plan.

— Non.

— Dex rentre aussi, n'est-ce pas, Dex ? dit Kyle en se tapotant la hanche.

Dex décolla immédiatement au pas de course, suivi de Will.

— Allons-y.

Will s'accrocha à l'épaisse fourrure de la nuque de Dex et trottina à côté de lui, tandis que Kyle se dirigeait vers la porte arrière.

— Eh bien, c'était plus facile que je ne le pensais, fit

remarquer John à Patrick, amusé. Ton homme est intelligent.

En entrant dans la cuisine, Patrick fut entouré de bruyants bavardages. L'odeur de quelque chose de savoureux et délicieux émanait du four.

— Les voilà !

La joie brilla dans les yeux de Mme Wilcox lorsqu'elle aperçut Kyle et Patrick. Elle se leva de sa chaise pour les accueillir, les enlaçant d'un bras et s'appuyant sur sa canne de l'autre.

— Oh, merci. Comme c'est gentil, dit-elle quand ils lui donnèrent leurs cadeaux. Pouvez-vous les poser sur la table pour le moment ? Laissez-moi vous présenter à ma famille. Je vois que vous avez déjà rencontré John et Will.

Elle sourit affectueusement à Will, qui était encore en train de caresser Dex, de lui tirer les oreilles et d'ébouriffer sa fourrure dans le mauvais sens. Dex était assis patiemment à côté de lui, avec un air de patience.

Kyle s'accroupit à côté de Will et guida sa petite main plus doucement, lui montrant ce qu'il fallait faire.

— Essaie comme ça.

— Voici Marianne, ma belle-fille.

Mme Wilcox désigna d'un geste une femme aux cheveux blonds ondulés.

Marianne leur sourit.

— Salut.

— Et puis, il y a Paul et Kate.

Un couple qui semblait avoir une vingtaine ou une trentaine d'années les salua. Patrick supposa qu'ils devaient être les parents de Will.

— Et le dernier, mais pas le moindre, c'est Robert.

Un homme qui ressemblait tellement à Paul qu'ils ne pouvaient être que des frères leur fit un signe de tête.

— Tout le monde. Voici Patrick et Kyle, annonça Mme Wilcox. Mes anges de Noël.

Kyle s'esclaffa.

— On ne m'avait jamais dit que j'étais un ange avant.

Tout le monde se mit à rire. John tapa dans ses mains.

— Bien. Maintenant qu'on est tous là, ouvrons le champagne. Il est temps de porter un toast.

Les quelques minutes qui suivirent furent marquées par une activité intense : Paul et Robert assemblèrent des verres sur la table de la cuisine, tandis que John sortait deux bouteilles de champagne du réfrigérateur. Il en tendit une à Patrick.

— À toi l'honneur !

Une fois que les deux bouchons eurent sauté et que les verres furent remplis, ils les distribuèrent à tout le monde.

Le silence se fit dans l'attente.

— Dois-je faire un discours ? demanda Mme Wilcox, verre en main. Je veux juste le boire !

Cela fut accueilli par des rires, et John dit :

— Eh bien, étant donné que c'est ton quatre-vingtième anniversaire, Maman, je pense que tu peux faire ce que tu veux.

— Nous devrions chanter, suggéra Kate.

Il y eut des murmures d'accord, puis un silence gênant, avant que Robert ne commence à chanter et que les autres se joignent à lui.

— Joyeux anniversaire, joyeux anniversaire...

Quand ils eurent fini, ils levèrent tous leurs verres et burent une gorgée.

— Ooh, c'est charmant, souffla Mme Wilcox, puis elle regarda tout le monde dans la pièce. Merci à tous d'être ici pour célébrer mon anniversaire avec moi. Ma famille, et mes amis qui sont comme une famille.

Elle sourit affectueusement à Kyle et Patrick.

— Vous êtes tous si importants pour moi, je suis heureuse que nous ayons pu nous réunir pour cette date.

Une vague d'émotion fit briller les yeux de Patrick.

— C'est un honneur d'être ici, avoua-t-il, la voix un peu rauque. Merci de nous avoir invités.

Kyle se plaça à ses côtés et saisit la main libre de Patrick, il entrelaça leurs doigts et les serra doucement. Sa famille avait toujours accueilli Patrick, et Kyle comprenait combien ces occasions étaient douces-amères pour lui.

LA SOIRÉE se déroula dans une délicieuse brume de champagne, de succulente nourriture et de bonne compagnie. Ils mangèrent dans la cuisine, serrés autour de la table, puis se rendirent dans le salon pour déguster un gâteau d'anniversaire, accompagné de thé, de café ou de vin, selon la personne qui conduisait.

Will commença à être grincheux et larmoyant vers vingt heures, alors Kate l'emmena pour l'installer dans son lit – ils restaient dans le cottage ce soir – et Dex, qui s'ennuyait sans son petit compagnon, vint déranger Kyle à la place, en lui donnant des coups de museau.

— Hé, mon garçon.

Kyle le caressa, et Dex poussa un glapissement.

— Qu'est-ce qu'il y a ?

Il obtint un grondement en réponse.

— Je pense qu'il a besoin d'une promenade, dit Kyle à Patrick.

Au son de ce mot, les oreilles de Dex se dressèrent et il aboya avec force.

— Oh, mon Dieu. Une minute, gloussa John. Maman, tu veux que je sorte Dex ?

— On peut le faire, intervint immédiatement Kyle. Tu es partant pour une balade, n'est-ce pas, Patrick ?

Celui-ci hocha la tête. Il était toujours heureux de sortir, et il semblait que c'était une belle soirée. Le ciel bleu commençait tout juste à se transformer en crépuscule à travers la fenêtre du salon.

— Vous êtes sûr ? demanda John.

— Absolument, affirma Kyle en se levant et tendant une main à Patrick, le tirant vers le haut. Viens, Dex. À plus tard, tout le monde.

Ils allèrent mettre leurs chaussures de marche à l'appartement, tandis que Dex pleurnichait d'impatience.

— De quel côté veux-tu aller ? demanda Patrick une fois qu'ils furent prêts.

Au cours de leurs différents séjours ici, ils avaient exploré la région de manière approfondie et connaissaient désormais plusieurs bons itinéraires pour une courte promenade avec le chien.

— Vers l'arbre.

Patrick n'eut pas besoin de demander quel arbre.

Ils traversèrent le village main dans la main, sans se soucier du regard curieux qu'un vieil homme leur jeta, son regard se posant sur leurs mains jointes.

— Bonsoir, le salua Patrick.

— Bonsoir, répondit l'homme assez agréablement en

effleurant le sommet de sa casquette avant de passer devant eux en toute hâte.

— Pas habitué à voir des gays dans le village, chuchota Kyle en souriant.

Patrick gloussa.

— Apparemment pas.

Ils passèrent devant le magasin – fermé pour la soirée – puis devant le pub, avant de prendre le chemin qui menait aux bois près de l'église. Ayant reçu la permission de quitter le talon de Kyle, Dex bondit joyeusement, tandis que Patrick et Kyle marchaient plus lentement.

Les feuilles au-dessus de leur tête rendaient le paysage sombre et mystérieux, et lorsqu'ils franchirent la barrière pour entrer dans le champ, le contraste avec le ciel ouvert au-dessus d'eux fut spectaculaire. Totalement clair, le bleu profond s'estompait à l'horizon en de délicates nuances d'or et de rose. Une alouette des champs tournait au-dessus d'eux, chantant sa dernière chanson de la soirée.

Marchant dans un silence confortable, ils se dirigèrent vers le milieu du champ, tandis que Dex courait en péri-phérie, reniflant joyeusement. Couvert de feuilles à présent, l'arbre au centre était très différent de ce qu'il était lorsqu'ils l'avaient vu pour la première fois au milieu de l'hiver, avec ses branches nues s'étendant vers le ciel. Les touffes de gui étaient toujours visibles, bien que plus diffi-ciles à repérer dans le camouflage des feuilles de chêne.

Levant les yeux au ciel, Kyle tira sur la main de Patrick jusqu'à ce qu'ils se tiennent sous une grappe sombre, puis il inclina son visage vers lui.

Patrick prit la mâchoire de Kyle et l'embrassa sur la bouche.

— Je t'aime, chuchota-t-il.

— Je t'aime aussi.

— Je n'ai plus besoin du gui comme excuse pour t'embrasser maintenant, fit remarquer Patrick.

— Non. Tu peux m'embrasser quand tu veux. Maintenant, vas-y.

Kyle glissa sa main autour de la nuque de Patrick, le tirant vers le bas pour en avoir plus.

— Sale gosse.

Patrick lui donna une claque sur le cul, le mot étouffé alors qu'il pressait de nouveau sa bouche contre celle de Kyle.

Quand ils se séparèrent. L'expression de Kyle était douce et affectueuse, si différente de l'apparence dure qu'il avait montrée à Patrick lors de leur première rencontre.

— Tu es toujours sûr de vouloir emménager avec moi à la fin du mois ? demanda Patrick.

Ils en avaient discuté avec soin avant de prendre leur décision, mais Patrick craignait toujours que Kyle ne change d'avis à la dernière minute.

— Oui ! se récria Kyle en saisissant les épaules de Patrick. Combien de fois dois-je te le répéter ?

— Et tu supporteras que je sois désordonné ?

— Si tu acceptes que je range tes affaires.

Patrick rigola.

— J'y suis déjà habitué.

Au cours des derniers mois, Kyle avait passé de plus en plus de temps chez Patrick. Le plus grand de leurs deux appartements et plus proche du travail, il était logique qu'ils y restent quand ils voulaient passer la nuit ensemble – ce qui était pratiquement le cas tous les soirs.

— De toute façon, c'est trop tard pour faire marche arrière maintenant. J'ai déjà donné mon préavis pour mon appartement, donc tu es coincé avec moi.

— Eh bien. Je suppose que je vais devoir m'en accommoder.

Patrick essaya de paraître résigné, mais il ne put empêcher le rictus qui se répandit sur son visage.

— J'ai déjà été coincé avec toi, ce n'était pas si mal.

Baissant la tête pour un autre baiser, Patrick était sûr qu'il ne se lasserait jamais de ça. Avec Kyle dans ses bras, il était heureux, un bonheur profond et paisible auquel il apprenait progressivement à faire confiance. Kyle aussi avait encore des moments d'insécurité, mais ils les traversaient ensemble, comprenant les raisons de leurs peurs et les pardonnant.

Un jour à la fois.

Se serrant l'un contre l'autre, ils s'embrassèrent dans la lumière déclinante avec le chant de l'alouette au-dessus d'eux.

À PROPOS DE L'AUTEUR

Jay Northcote vit en périphérie de Bristol, dans l'ouest de l'Angleterre. Issu d'une famille d'écrivains, il a longtemps cru que les gènes de la fiction l'avaient laissé pour compte. Il a passé des années à ne rédiger que des mails, des articles et des contenus de sites internet. Un jour, il a décidé d'essayer d'écrire une nouvelle, juste pour voir s'il en était capable, et a trouvé cela plutôt addictif. Il n'a plus cessé depuis.

www.jaynorthcote.com
Twitter: @Jay_Northcote
Facebook: Jay Northcote Fiction
Jay's newsletter en français: https://bit.ly/jaynews_fr

Other Novels and Novellas

Nothing Serious

Nothing Special

Nothing Ventured

Not Just Friends

Passing Through

The Little Things

The Dating Game – Owen & Nathan #1

The Marrying Kind – Owen & Nathan #2

The Law of Attraction

Imperfect Harmony

Into You

Cold Feet

What Happens at Christmas

A Family for Christmas

Summer Heat

Tops Down Bottoms Up

The Half Wolf

Secret Santa

Where Love Grows

Stuck With You

A Boyfriend for Christmas

Operation Fake Relationship

NOTES

Chapitre 9

1. La tarte au mincemeat ou tarte à la farlouche ou mince pie est une tartelette sucrée de Grande-Bretagne, traditionnellement servie pendant les fêtes de Noël. Elle est également connue sous le nom de minced pie et Christmas pie.